DREAMBOOKS★

환생왕

ORIENTAL FANTASY STORY & ADVENTURE

요도 김남재 신무협 장편소설

dream books
드림북스

환생왕 12

초판 1쇄 인쇄 2021년 2월 25일
초판 1쇄 발행 2021년 3월 10일

지은이 요도 김남재
발행인 오영배
편집 편집부
일러스트 나래
표지 · 본문 디자인 오정인
제작 조하늬

펴낸 곳 (주)삼양출판사 · 드림북스
주소 서울시 강북구 도봉로 173
대표 전화 02-980-2112 **팩스** 02-983-0660
편집부 전화 02-987-9393 **팩스** 02-980-2115
블로그 blog.naver.com/dreambookss
출판등록 1999년 3월 11일 제9-00046호

ⓒ 요도 김남재, 2021

ISBN 979-11-283-9765-3 (04810) / 979-11-283-9753-0 (세트)

드림북스는 (주)삼양출판사의 판타지 · 무협 문학 브랜드입니다.

환생왕
12
요도 김남재 신무협 장편소설
ORIENTAL FANTASY STORY & ADVENTURE
dream
books
드림북스

목차

1장. 성장
― 나보다 강하다

톱날과도 같은 날을 지닌 쌍검을 든 양사창이 단엽과 거리를 둔 채 옆으로 움직였다.

둘의 싸움이 시작되려 하자 근처에 있던 천무진과 소교주 악준기, 그리고 그를 호위하는 마극파천대의 무인들이 뒤편으로 거리를 벌렸다.

그렇게 다른 이들이 만들어 준 공간 안에서 마주한 단엽과 양사창.

단엽은 주먹을 까닥이며 상대방을 도발했다.

"어디 그 가면부터 벗겨 줄까?"

"……네 실력으론 백 년이 가도 무리다."

"글쎄. 난 당장이라도 될 거 같은데?"

자신만만한 단엽의 대꾸에 양사창은 속으로 이를 으득 갈았다. 사실 이 싸움에서 이긴다고 한들 그다음에는 천무진이 기다리고 있다.

일말의 희망을 품은 채 기다리고 있는 다른 장소에 있는 수하들이 이곳으로 복귀한다 해도 승패는 이미 정해졌다는 거다.

그렇다면…….

'이놈은 데리고 간다.'

천무진의 최측근으로 십천야의 일을 방해해 온 단엽이다. 설령 죽는다고 할지언정 이대로 그냥 가는 건 억울하지 않겠는가.

츠츠츠!

순간 양사창의 손에 들린 두 자루의 검에 내공이 몰려들었다. 동시에 주변으로 날카로운 기운들이 연기처럼 피어올랐다.

파파팟.

뿜어져 나오는 예기.

그 기운과 맞닿은 모든 것들이 거짓말처럼 잘려져 나갔다. 순식간에 양사창의 주변은 그의 기운으로 뒤덮이고 있었다.

쏟아지는 양사창의 기세를 보며 악준기는 움찔했다.

'위험해 보이는데.'

마교를 집어삼키려는 자들이다. 당연히 그 실력이 빼어날 거라고는 예상했지만 지금 뿜어져 나오는 기세는 악준기가 예상했던 것 이상이었다.

허나 놀란 악준기와는 달리 그 힘과 마주하고 있는 단엽은 오히려 얼굴에 흥미가 돌고 있었다.

단엽의 주먹으로 붉은 기운이 몰려들었다.

상대가 실력자라는 걸 알기에 굳이 잔기술들로 실력을 염탐하기보다는 시작부터 전력으로 맞붙기 위함이다.

단엽의 무공인 열화신공의 힘이 지지 않겠다는 듯 피어오르더니, 순식간에 그의 팔을 집어삼켰다.

넘실거리는 뜨거운 불꽃.

그와 동시에 단엽의 몸이 양사창을 향해 움직이고 있었다.

순식간에 날아든 단엽의 몸이 거리를 좁히려 들었다. 하지만 상대인 양사창 또한 수준급의 실력자. 쉽사리 단엽이 원하는 간격을 주지 않았다.

두 자루의 검이 단엽을 향해 매섭게 날아들었다.

차차차차앙!

단엽은 톱날 같은 형태의 검날을 권갑으로 막아 냈다. 그리고 그 상태로 양사창은 단엽의 팔을 날려 버리기라도 할 기세로 권갑과 맞닿아 있는 검을 강하게 내리그었다.

독특한 형태의 검날을 지닌 양사창의 쌍검이었기에 기괴한 소리와 함께 권갑이 흔들렸다.

뜯겨 나가도 이상할 것 없어 보이는 굉음.

하지만 단엽의 권갑은 멀쩡했다.

'치잇!'

내력이 담긴 공격이었지만 상대의 힘 또한 녹록지 않았다. 당장에 권갑과 함께 그 안에 감춰져 있는 팔까지 날려 버리려 했던 양사창은 서둘러 발을 뒤로 움직였다.

그렇지만 단엽은 좁혀져 있던 거리를 쉽사리 포기하지 않았다.

재빠르게 따라붙은 단엽의 주먹이 양사창의 옆구리를 파고들었다.

파앙!

밀려드는 주먹을 재빠르게 쳐 낸 양사창은, 이내 반대편 손에 들린 검을 휘둘렀다. 목을 향해 날아드는 검, 그리고 그걸 이번엔 단엽이 다른 손에 끼워져 있는 권갑으로 막아 냈다.

순식간에 주고받은 공격들.

그렇지만 이 거리는 단엽에게 조금 더 유리했다.

퍽!

빠르게 날아든 단엽의 발이 그의 무릎을 꺾었다. 비틀하는 양사창을 향해 자유로워진 단엽의 한쪽 주먹이 날아들었다.

콰앙!

양사창은 몸을 회전하며 가까스로 공격을 비껴 냈고, 단엽의 주먹에서 뻗어져 나온 내력은 곧장 땅으로 쏟아졌다. 커다란 폭음과 함께 주변으로 큰 충격파가 퍼져 나갔다.

동시에 양사창은 자신의 검을 휘둘러 단엽이 더는 다가오지 못하도록 견제했다.

카카카캉!

물러나는 와중에도 서로를 향해 몇 차례고 공격과 수비를 번갈아 주고받은 두 사람의 몸이 반대편으로 밀려져 나갔다.

바닥에 발이 닿는 그 순간 양사창의 검이 앞을 향해 움직였다.

그의 검 끝에서 여러 개의 검기가 갈라지며 뻗어져 나왔다. 허나 말이 검기였지, 그 위력은 검기 그 이상이었다.

움찔.

날아드는 검기를 확인한 단엽은 순간 멈칫할 수밖에 없었다. 정확하게 자신을 노리고 날아드는 공격들, 피할 곳은 없었다.

그렇다면……!

단엽은 날아드는 검기를 향해 교차시킨 양팔을 내뻗었다.

쿠와아앙!

폭음이 일고 검기를 쏟아 냈던 양사창의 입가에 슬며시 미소가 피어오르던 그 순간.

후우웅!

폭발 속에서 하나의 그림자가 날아오르고 있었다. 놀란 듯 양사창이 뒤로 걸음을 옮기는 찰나 그림자의 주인인 단엽의 손이 움직였다.

붉은빛이 넘실거리는 주먹. 그리고 그 주먹에서 엄청난 양의 불꽃이 유성우처럼 쏟아져 나왔다.

열화낙뢰의 초식이 양사창을 노리며 밀려들었다.

허나 날아드는 건 열화낙뢰의 초식만이 아니었다. 그 힘에 휩쓸린 주변의 나무나 바위들마저 마치 태풍에 휘말린 것처럼 함께 밀려들었다.

그런 공격을 마주하고 있는 양사창의 입장에서는 절로 눈살이 찌푸려졌다.

'뭔 놈의 공격이…….'

마치 하나의 산이 자신을 향해 다가오는 것과도 같은 착각을 불러일으켰다. 허나 놀라고 있을 시간은 없었다. 서두르지 않았다가는 이 공격에 휩쓸리고야 말 테니까.

양사창의 쌍검에 실린 강력한 내공.

그가 두 자루의 검을 그대로 위에서 아래로 내리찍었다. 동시에 검에서 터져 나온 강기가 밀려드는 그 모든 공격들을 갈라 버렸다.

쿠쿠쿠쿵!

단엽의 열화낙뢰 초식들이 주변의 것들을 박살 내며 양옆으로 밀려 나갔다.

순식간에 엉망이 되어 버린 주변 경관들. 그 모습이 단엽의 공격을 그대로 맞았다가는 어떠한 꼴을 보게 됐을지 말해 주는 듯 보였다.

단 몇 번의 공방을 주고받았을 뿐이거늘 이미 이곳 인근은 원래의 형체를 알아보기 어려울 정도로 뒤집어져 있었다.

천지개벽이라는 단어가 어울릴 법한 두 사람의 대결.

그 와중에서도 둘의 몸은 상대를 향해 달려가고 있었다.

"흐압!"

쌍검이 광풍처럼 휘몰아쳤다.

카카캉! 캉캉!

막아 내는 단엽의 권갑 또한 지지 않겠다는 듯 강한 힘을 내뿜었다. 두 사람의 사이에서 미친 듯이 거센 바람이 불어닥치며 사방으로 나부꼈다.

동시에 단엽의 주먹이 양사창의 비어 있는 가슴 사이를 파고들었다.

퍼억!

일격이 가슴에 틀어박혔고, 순간 양사창은 입술을 꽉 깨문 채로 뒷걸음질 쳤다. 그 사이 단엽의 주먹이 재차 날아들었다. 안면을 노리고 다가오는 주먹에 양사창은 재빨리 검을 휘둘렀다.

카앙!

검으로 공격을 밀쳐 낸 양사창은 곧바로 반대편 손을 움직였다.

스스슥.

단엽은 서둘러 몸을 비틀었지만, 검이 아슬아슬하게 어깨를 스쳐 지나갔다. 허나 이건 단순히 베이는 수준의 공격이 아니었다.

톱날 같은 독특한 외향을 지닌 검날은 베는 것만으로 그치지 않고, 마치 맹수의 이빨처럼 살갗을 찢어 냈다.

옷깃이 찢겨 나가며 동시에 그 안에 있는 어깨에서도 피가 팍하고 터져 나왔다. 살이 뜯기다시피 하며, 가볍게 베인 것에 비해 생각보다 많은 피가 흘러내렸다.

서둘러 어깨를 감싸 쥔 단엽은 뒤로 한 걸음 물러서며 곧장 발을 움직였다.

파바밧!

쌍검의 이점을 살려 곧바로 공세를 이어 가려던 양사창은 자신을 향해 날아드는 발길질에 바로 팔꿈치를 내려 가까스로 막아 내는 데 성공했다.

하지만 크게 내력이 실리지 않은 공격이라 여겼던 것과 달리 양사창은 이를 꽉 깨문 채 뒤로 물러서야만 했다.

그가 서둘러 손등으로 팔꿈치를 비벼 대며 신음을 참아 냈다.

'더럽게 아프네.'

일순 뼈가 부러진 것이 아닐까 하는 착각이 들 정도로 팔꿈치가 아릿거렸다.

둘 사이의 거리가 벌어진 사이 단엽의 눈은 양사창의 손에 들린 쌍검으로 향해 있었다.

가볍게 스쳤을 뿐이거늘 생각보다 타격이 컸다.

그리고 그 원인은 저 검의 독특한 외형 때문이었다.

'귀찮은 무기네. 깊게 들어오면 위험하겠는데.'

스쳤는데도 이 정도의 타격이라면 잘못했다가는 생각보다 더 큰 대가를 치를 수도 있었다. 단엽은 주먹을 쥔 채로 상대를 노려봤다.

분명 위험한 무기다.

하지만…….

단엽이 피식 웃었다.

'재미있네.'

들끓는 피가 말해 주고 있었다.

저자는 강하다고. 우내이십일성 중 말단에 위치하고 있던 나환위와는 비교조차 되지 않을 정도로 강하다고.

강한 적을 앞에 두고 있다.

그만큼 단엽을 즐겁게 해 주는 일은 없었다.

그랬기에 단엽은 다시금 달려들었다. 이 즐거움을 계속해서 누리고 싶었으니까.

거칠게 달려드는 단엽의 모습을 보며 양사창은 속으로 욕설을 토해 냈다.

'멍청한 황소 같은 자식!'

상처를 지혈할 생각보다는 자신에게 한 방 더 먹이는 것에 관심이 있다는 듯 달려드는 단엽의 모습은 흡사 성난 황소를 보는 것만 같았다.

팔꿈치가 얼얼했지만 양사창 또한 머뭇거릴 틈이 없었다.

차앙!

두 자루의 검에서 뿜어져 나온 검기가 곧장 단엽을 향해 날아들었다. 그렇지만 단엽은 권갑을 낀 주먹으로 자신을 향해 오는 검기를 후려쳤다.

쾅! 쾅!

연달아 주먹으로 검기를 박살 내며 양사창을 향해 날아드는 단엽의 몸에서 붉은 불꽃이 넘실거렸다.

동시에 터질 듯 팽창하는 그의 근육들.

손바닥 안에 모인 붉은 기운들이 폭발하더니 이내 두 개의 회오리가 되어 모습을 드러냈다. 주변의 모든 것들이 지진이라도 난 것처럼 진동하기 시작했다.

두두두두!

동시에 단엽의 손에서 피어올랐던 불꽃으로 만들어진 두 개의 회오리가 목표물인 양사창을 향해 쏘아져 나갔다.

강렬한 기운을 뿜어내는 그 공격에 양사창 또한 내력을 끌어모으고 있었다.

그런데 막상 뻗어 나온 공격은 양사창의 예상을 훨씬 웃돌았다.

열화무쌍(熱火無雙)의 초식은 그 정도로 강렬했다.

날아드는 불꽃의 회오리들이 하나로 합쳐지면서 감춰 왔던 힘을 토해 내는 열화무쌍의 초식을 놀란 눈으로 바라보던 양사창은 이내 손에 쥔 두 자루의 검에 모든 정신을 집중했다.

이 공격을 제대로 방어하지 못한다면 어마어마한 타격이 뒤따를 거라는 사실을 직감해서다.

양사창의 검이 이(二)자 모양으로 나란히 자리했다.

'이도전생류(二刀戰生流).'

두 개의 검에서 뿜어져 나오는 강기가 양사창이 움직이는 방향에 따라 요동쳤다. 밀려드는 두 개의 회오리는 이미 하나가 되었고, 그 힘으로 인해 주변에 자리한 모든 것들은 밀려 나가고 있었다.

양사창은 강기에 휩싸인 검을 든 채로 앞을 향해 달려들었다.

'……뚫는다!'

양사창의 두 검이 회오리의 가운데를 쑤시고 들어갔다. 두 개의 힘이 충돌했고, 동시에 주변으로 거센 폭풍이 몰아쳤다.

콰콰콰콰카캉!

서로의 힘이 부닥치는 그 순간 엄청난 충격파가 주변으로 밀려갔다. 이미 거리를 멀리 벌리고 있던 수많은 이들이 한 번 더 뒤로 물러서야만 할 정도로 어마어마한 충격파였다.

수십여 개의 폭탄이 터지는 것처럼 연달아 폭발이 일어나며 숲은 엉망이 되어 가고 있었다.

그리고 이 같은 상황을 만들어 낸 두 명의 무인.

단엽과 양사창은 서로를 향해 밀려드는 충격파를 버티고

서 있다가 결국 양쪽으로 밀려 나갈 수밖에 없었다.

우당탕!

반대 방향으로 날아간 두 사람은 몇 개의 나무를 몸으로 뚫고 지나가고서야 멈추어 설 수 있었다.

양사창은 검을 땅에 박아 넣은 채로 거칠게 숨을 몰아쉬었다.

"하아, 하."

그의 복식은 이미 엉망이었다.

새카만 흑의는 곳곳이 찢기고, 더럽혀진 상태였다. 얼굴을 가리고 있는 복면 또한 간신히 형태만 유지하고 있을 뿐이지 언제 뜯겨 나가도 전혀 이상할 것이 없었다.

거기다가 전신에는 수없이 많은 상처가 생겨나 있었고, 뼈 마디마디가 욱신거렸다.

물론 단엽의 상태 또한 멀쩡하지 않았다.

한쪽 팔을 나무에 기댄 채로 서 있는 단엽은 이마에서 흘러내리는 피를 닦아 내고 있었다.

막대한 내공의 충돌.

서로에게 치명타는 줄 수 없었지만 적잖은 외상과 내상들을 주고받은 것이다.

두 사람이 상대방을 향해 거친 숨을 내뱉으며 투지 가득한 시선을 주고받는 그사이.

그 둘의 대결을 바라보고만 있었던 악준기로서는 지금 이 모든 상황에 놀람을 금하기 어려웠다.

그리고 그가 놀라는 가장 큰 이유는 역시 단엽 때문이었다.

'……어느새 이렇게 강해진 거지?'

단엽에게 엄청난 재능과 실력이 있다는 사실은 알았다. 그렇지만 자신이 알던 그는 결코 이 정도 경지까지 도달한 무인은 아니었다.

우내이십일성의 하나인 나환위를 꺾었다는 건 안다.

세상 모든 이들이 그 일에 깜짝 놀랐지만 악준기는 아니었다.

단엽이라면 그럴 수 있다 생각했으니까.

우내이십일성 나환위, 분명 강한 적이지만 악준기 본인 또한 그와 겨룬다면 승산은 있다 여겼다.

그만큼 마교의 소교주인 악준기는 특별한 존재였으니까.

그리고 단엽은 그런 그가 인정하는 몇 안 되는 인물 중 하나였다.

추후 자신은 마교를 대표할 것이고, 단엽은 사파 최고의 무인으로 성장할 거라 여겼다. 그리고 둘을 비교한다면 자신이 그 위에 있을 거라 생각했다.

당연한 생각이었다.

단엽은 사파의 인물, 그리고 악준기는 마교의 소교주였다. 제아무리 날고 기는 사파의 인물이라 할지언정 마교의 소교주인 자신을 넘어서지는 못할 거라 여겼으니까.

그런데 아니었다.

수년 만에 만난 단엽은 예전과는 비교도 되지 않을 정도로 강해져 있었다.

악준기가 놀라는 건 당연했다.

최근 단엽의 실력 향상 기세가 원래의 속도에 비해 훨씬 빨랐던 건 사실이었으니까. 그리고 이토록 단시간 안에 단엽이 보다 강해질 수 있었던 건 역시나 주변에 있는 이들 덕분이었다.

저번 생의 이 시기에 단엽은 이 정도의 경지에 오르지 못했었다.

허나 이번 생에는 달랐다.

그의 옆에는 천무진이 있었고, 또 백아린과 한천 또한 함께였으니까.

천무진과의 잦은 비무.

그 비무로 인해 단엽은 계속해서 강해질 수밖에 없었다. 자신보다 강한 이를 옆에 뒀고, 계속해서 대결을 하며 경험을 쌓았다.

그건 그 어떠한 것과도 바꿀 수 없는 귀한 경험이었다.

물론 그만큼 자존심도 많이 상했다.

비무를 할 때마다 패했고, 자존심 강한 단엽에게 그건 그리 유쾌한 일은 아니었다. 하지만 그럼에도 불구하고 단엽은 계속해서 천무진과 비무를 해 왔다.

스스로도 알고 있었기 때문이다.

이런 경험들을 통해 자신이 강해지고 있다는 걸.

그리고 강해지고 있는 걸 체감한다는 건, 뼛속까지 무인인 단엽에겐 그 어떠한 것과도 비교할 수 없을 정도로 지독한 쾌감이었다.

거기다 쉽사리 보기 힘들 만큼 대단한 능력을 지닌 백아린과 한천의 뛰어난 실력을 옆에서 수도 없이 구경했다.

그리고 그런 그들과의 대화를 통해 무공에 대한 서로의 생각들을 나눴고, 그 또한 단엽이 성장하는 것에 크게 일조했다.

그 같은 일들로 인해 단엽은 처음 천무진을 만났던 그때와는 전혀 다른 무인이 되어 있었다.

일 년도 안 되는 시간 동안 믿을 수 없는 성장을 해 버린 것이다.

예전에는 단엽과 악준기 사이에 큰 차이가 없었을지 모른다.

하지만…… 이제는 인정해야만 했다.

양사창과 마주하고 있는 단엽을 보며 악준기가 속으로 중얼거렸다.

'……나보다 강하다.'

훗날 권왕이라 불릴 사내인 단엽.

그는 이미 엄청난 무인이 되어 있었다.

*　　*　　*

자신들의 격돌로 엉망이 된 전장에서 마주한 단엽과 양사창은 둘 모두 피투성이였지만, 그럼에도 불구하고 서로를 향한 투지 어린 시선은 변함이 없었다.

"퉤."

입을 오물거리다 피가 섞인 침을 뱉은 단엽은 곧장 주먹을 들어 올렸다.

동시에 주변으로 묵직한 압력이 뻗어져 나갔다.

쿠쿠쿵!

소리와 함께 마치 커다란 쇳덩이라도 떨어진 것처럼 땅이 움푹 내려앉았다. 그렇게 그의 기운이 주변으로 퍼져 나갔고, 양사창 또한 자신의 내력을 쏟아 보내며 그런 단엽의 힘을 막아 냈다.

우우웅!

보이지 않는 무형의 기운들이 계속해서 서로를 향해 이를 드러내고 있던 도중, 갑자기 양사창이 두 개의 검을 교차시켜 잡은 채로 움직였다.

파앙!

순식간에 거리를 좁힌 양사창은 눈 깜짝할 사이에 십여 번의 공격을 쏟아 냈다. 단 한 번의 휘두르기로 보였을 만큼 빠르면서도 날카로운 공격.

그렇지만 단엽은 그 공격을 권갑으로 받아 냈고, 그런 와중에서도 상대를 향해 몇 차례나 공격을 쏟아 냈다.

두 사람의 몸이 순식간에 얽혔다가, 또 번개처럼 뒤편으로 밀려 나갔다.

빠르게 주고받은 공격들은 서로에게 치명상은 주지 못했지만 그렇다고 해서 아무렇지 않을 정도로 가볍지도 않았다.

특히나 모든 공격을 검으로 받아 내던 양사창은 생각을 훨씬 웃도는 단엽의 힘에 손가락 마디가 끊어질 것처럼 아팠다.

양사창이 공격을 펼칠 때마다 단엽은 권갑을 낀 주먹으로 검을 후려쳐 댔다. 공격보다는 방어에 신경을 쓰는 것이 아무래도 톱날 형태를 지닌 특이한 검이 주는 타격을 신경 쓰는 듯싶었다.

베이는 것만으로도 살점까지 찢겨 버리니 자신이 입는 손해가 더 크다 생각한 걸까?

그래서인지 단엽은 공격을 흘리기보다는 정면으로 부닥쳐 왔고, 그 때문에 양사창은 팔목에 실리는 부담이 점점 커지고 있었다.

물론 공격을 흘리지 않고 쳐 내는 방식을 택한 탓에 그만큼 단엽이 공세를 전환하기는 쉽지 않다는 단점이 있었겠지만 말이다.

양사창이 재차 단엽에게 달려들려는 찰나였다.

단엽이 입을 열었다.

"어이, 하나 묻고 싶은 게 있는데."

"……?"

잠시 멈칫하는 양사창을 바라보던 단엽이 소매로 입가에 묻은 피를 닦아 내며 물었다.

"너 십천야 중에서 몇 번째로 강하냐?"

단엽의 질문에 양사창이 움찔했다.

그런 것을 왜 묻냐는 듯한 시선을 느껴서인지 단엽이 곧장 가볍게 어깨를 으쓱하며 말을 이었다.

"그냥 좀 궁금해서. 거기에 너보다 강한 놈들이 몇이나 있는지."

"궁금해할 필요 없어. 어차피 넌 나한테 죽을 테니까."

양사창이 불쾌한 듯 받아쳤다.

사실 양사창은 백아린이 이긴 주란이나 왕도지, 천무진이 죽였던 상무기와는 다르게 무공 쪽에 두각을 드러낸 십천야 중 하나였다.

그랬기에 그는 주란, 왕도지, 상무기보다는 훨씬 뛰어난 실력의 고수였다.

물론 십천야 중에서도 손꼽히는 반조나 매유검에 비해서는 모자랐지만, 무림맹 일을 도맡아 하고 있는 자운과는 엇비슷한 실력자라고 봐야 옳았다.

답변이 될 만한 말은 하지 않았지만, 그 모습을 보며 단엽이 웃었다.

양사창이 그 웃음에 눈살을 찌푸리며 중얼거렸다.

"웃어?"

"아아, 너보다 강한 놈들이 몇 명은 있는 것 같아서. 네가 가장 강했다면 지금 같을 때 괜히 말을 돌리지 않았을 테니까. 무인이란 놈들은 그런 족속이잖아? 강함을 추구하고, 그걸 자랑스레 여기지. 그런데 넌 대답을 피했고, 그건 너보다 강한 이들이 있다는 걸 의미하겠지."

"……."

단엽의 말에 양사창은 일순 꿀 먹은 벙어리가 된 듯 입을 닫았다. 그의 말이 맞았기에 별다른 반박조차 할 수가 없었다.

주먹을 든 단엽이 말했다.

"자 그럼 잠시 쉬었으니 다시 가 보자고."

말과 함께 단엽의 기세가 파도처럼 밀려들어 왔다. 동시의 그의 몸 주변에서 꿈틀거리는 불꽃들이 양사창을 집어삼켰다.

뜨거운 열기에 숨이 막혀 왔다.

카카캉!

두 사람의 검과 주먹이 연달아 충돌했다.

거의 대부분의 공격은 양사창이 한 것이었고, 그에 단엽은 한결같이 주먹으로 날아드는 검을 쳐 내며 대응했다.

일방적으로 쏟아지는 공격.

그 안에서 단엽은 간간이 공격을 섞으며 계속해서 방어에 집중했다.

자신의 공격이 연달아 막히자 조급해졌는지 양사창이 밀려 나가는 와중에 서둘러 검을 움직였다. 얼굴을 노리고 날아드는 날카로운 공격, 순간 단엽의 눈동자가 번뜩였다.

파앙!

권갑을 낀 손으로 날아드는 검을 잡아챈 단엽은 곧장 반대편 주먹을 움직였다. 균형이 무너졌던 탓에 양사창의 방비는 빠르지 못했다.

순간 밀려드는 단엽의 손바닥이 정확하게 양사창의 얼굴을 틀어잡았다.

쿠웅!

손바닥이 얼굴을 감쌌고, 찰나 세상이 어두워졌을 때였다.

순식간에 얼굴을 쥔 채 허공으로 상대방을 들어 올린 단엽이 곧바로 그를 바닥에 내리꽂았다.

콰앙!

폭발음을 연상케 하는 커다란 굉음과 함께 양사창의 몸이 땅 안으로 틀어박혔다. 동시에 그의 몸이 박힌 곳을 기점으로 하여 거미줄처럼 사방으로 쩌저적 금이 가기 시작했다.

울컥!

그대로 땅에 틀어박히며 터져 나온 핏줄기.

하지만 공격은 그게 끝이 아니었다.

얼굴을 감쌌던 손이 풀리며 하늘이 슬쩍 모습을 드러내는 그 순간 이번엔 주먹이 날아들고 있었다.

퍼퍼퍼펑!

바닥에 쓰러진 그의 전신을 향해 단엽이 마구잡이로 주먹을 휘두르기 시작한 것이다.

쾅쾅쾅!

폭발과 함께 몇 방을 얻어맞은 양사창은 뼈가 으스러지는 것 같은 고통을 느꼈다. 허나 그 와중에서도 양사창은 집중력을 잃지 않았다.

자신의 안면을 향해 날아드는 정확한 공격.

휘익.

고개를 힘겹게 옆으로 꺾어 피해 낸 양사창의 손바닥이 빠르게 움직이고 있었다.

휘리리릭.

그렇게 얻어맞으면서도 꽉 쥐고 놓지 않았던 쌍검 중 하나가 손바닥 위에서 회전했다. 그것이 위를 점하고 공격을 펼쳐 대던 단엽의 무릎을 향해 움직였다.

푸웃!

검이 단엽의 무릎에 틀어박혔다.

허나 다리를 통째로 뜯어 버리려던 양사창의 계획은 실패로 돌아갔다. 검이 박히기 무섭게 단엽이 한쪽 손으로 더 깊게 틀어박히는 걸 막아 버렸기 때문이다.

동시에 단엽의 팔꿈치가 정확하게 양사창의 명치에 틀어박혔다.

"커억!"

일순 숨을 쉬기 어려웠고, 입에서는 피와 함께 침이 흘러넘쳤다.

찰나 날아들어 오는 또 한 번의 주먹질.

부우웅!

바람을 가르며 날아드는 소리에 양사창이 화들짝 정신을 차렸다.

'피해야 해!'

안면을 향해 정확하게 내리꽂히는 공격.

이걸 맞으면 위험하다는 걸 직감한 양사창은 모든 내력을 집중했다.

검을 꽉 쥐고 있는 그의 손에서 장력이 밀려 나갔다.

파앙!

쏘아진 장력으로 인해 단엽의 몸이 허공으로 슬쩍 떠오르는 순간 양사창은 곧장 옆으로 굴렀다.

동시에 그는 단엽의 무릎에 박아 넣었던 검을 힘껏 뽑아냈다.

푸웃!

단엽의 무릎에서 살점이 찢어지며 피가 터져 나왔고, 양사창은 날아드는 주먹을 피할 수 있었다. 그 순간 빠져나가는 양사창의 어깨를 단엽의 손이 아슬아슬하게 붙잡았다.

허나 이미 자세를 잡은 양사창이었다.

'어딜……!'

서둘러 검을 휘둘러 팔을 밀쳐 내려는 그 찰나였다.

단엽이 히죽 웃었다. 그리고 그 정체 모를 미소를 보는 순간 양사창은 뭔가 위험하다는 걸 직감했다.

하지만 그걸 깨달은 순간은 이미 늦은 상태였다.

파앙!

단엽의 손바닥에서 꿈틀거리던 기운으로 인해 양사창의 어깨가 터져 나갔다.

동시에 어마어마한 양의 피가 어깨를 타고 쏟아져 나왔다. 열화폭뢰의 초식으로 근거리에서 타격을 주는 공격이 정확하게 먹힌 것이다.

그 덕분에 양사창의 어깨는 피투성이가 된 걸로 모자라 뼈가 보여도 이상할 것 없을 정도로 엉망이 되어 버렸다.

충격으로 인해 양사창은 뒤로 휘익 밀려 나가며 그대로 바닥을 나뒹굴었다.

힘겹게 몸을 일으켜 세운 양사창의 얼굴이 고통으로 인해 일그러질 대로 일그러졌다.

"크으으."

빠르게 혈도를 점혈하는 양사창을 보면서 단엽이 절뚝거리며 자세를 잡았다. 그 또한 무릎에 박혔던 검이 뽑혀 나가며 꽤나 깊은 부상을 입은 상태였다.

허나 객관적으로 봤을 때 둘 중 누가 이번 격돌로 이득을 봤느냐를 따진다면 그건 당연히 단엽이었다.

단엽 역시 무릎을 크게 다치긴 했지만 양사창이 입은 부상이 훨씬 깊었다.

그리고 바닥에 쓰러트린 채로 연달아 적중시킨 공격으로 인해 양사창은 속이 완전히 뒤틀리고, 갈비뼈마저 몇 개 박살이 나 버린 상태였다.

숨을 쉬는 것만으로도 고통이 밀려들 정도로 양사창의 상태는 엉망이었다.

단엽이 찢긴 어깨를 움켜쥔 채로 숨을 헐떡이는 양사창을 향해 말했다.

"어때? 살점을 찢어 내는 것 정도는 나도 할 수 있다고."

손바닥을 가리키며 자신만만한 표정을 지어 보이는 단엽의 모습에 양사창은 혼란스러웠다.

'대홍련의 부련주 따위에게 내가 이렇게 밀릴 줄이야…….'

상황이 좋지 않아 평소보다 조급한 움직임을 보였던 건 사실이나, 그렇다고 한들 자신이 대홍련의 부련주를 상대로 이렇게 피투성이가 될 거라고는 상상조차 하지 못했다.

싸우기 전까지만 해도 양사창은 확신이 있었다.

절대 지지 않을 거라는 확신이.

허나 틀렸다.

단엽은 자신의 예상보다 훨씬 강했고, 그 대가를 치러야만 했다.

대체…… 어디서부터 잘못됐던 것일까?

단엽과의 싸움으로 최대한 시간을 끌며 혹시 있을지 모를 수하들의 도움을 기다렸다. 정말 일말의 가능성이었지만 그렇게만 된다면 어찌어찌 자신의 목숨 하나 부지하는 건 가능할지도 모른다는 희망도 가졌었다.

하지만 그 희망이 이제는 거짓말처럼 사라졌다.

단엽을 가지고 시간을 끌기는커녕 그를 상대하다 피투성이가 된 자신의 모습을 보라.

설령 기다렸던 부하들이 온다고 한들 자신의 운명은 이미 정해졌다.

죽음.

최소 십천야 중 두 명은 나타나 줘야 이 상황을 벗어날 수 있을 터인데, 지금 같은 때 그런 일이 일어날 확률은 없었다.

살 수 있을 거라는 일말의 희망조차 버렸다.

그런 지금 양사창은 반드시 해야 하는 일이 있었다.

그가 고통을 참으며 주변을 둘러봤다. 복면을 쓰고 있어 수하들의 표정은 보이지 않았지만, 눈빛만으로 이미 그들의 감정이 느껴지는 듯했다.

이 싸움의 패배를 실감하고 있는 건 비단 자신뿐만이 아닌 모양이었다.

양사창이 이를 악물었다.

그리고는 이내 그가 버럭 소리를 내질렀다.

"십천야를 따르는 모두에게 명한다!"

양사창의 외침에 수하들은 언제라도 싸움에 개입할 것처럼 자세를 잡았다. 하지만 그의 명령은 그런 것이 아니었다.

양사창이 곧장 말을 이었다.

"얼굴을…… 부숴라!"

그 말과 함께 양사창은 자신의 손을 얼굴에 가져다 댔다. 동시에 그는 누가 반응도 하기 전에 스스로의 얼굴을 손으로 긁어내렸다.

코가 부러졌고, 얼굴 가죽은 찢겼다.

동시에 입 부분을 가리고 있던 복면 또한 떨어져 내렸다. 그렇게 드러난 양사창의 얼굴.

허나 이미 얼굴 가죽의 일부를 뜯어내고, 또 뼈마저 망가트려 버린 양사창의 외모는 알아보기 힘들 정도로 흉측했다.

갑작스러운 양사창의 행동에 수하들은 움찔했지만, 이내 그의 명령이 의미하는 바를 알았는지 그들 또한 스스로의 얼굴을 망가트리기 시작했다.

으드득.

끔찍한 소리가 주변으로 울려 퍼졌다.

스스로 자신의 얼굴을 망가트려 정체를 알아보지 못하게 만드는 그들의 행동.

그건 모두 마교 내부에 남아 있는 또 다른 십천야 쪽의 인물들을 지켜 내기 위한 선택이었다.

솔직히 말해 얼굴을 망가트린다고 해도 몇몇 이들은 신체적 특징으로 정체가 파악당할 것이다.

허나 그건 일부에 불과할 뿐, 이곳에 자리한 모두의 정체까지 알아내지는 못할 거라는 확신이 있었다.

물론 얼굴을 알아보지 못한다 한들 마교 내에서 실종된 이들을 파악해 이들의 정체를 유추하는 건 가능했다.

그렇지만 그들 중 누가 수장급이었고, 또 어떠한 이들을 통해 연결되었는지까지는 미궁에 빠질 것이다.

그리고 실종된 모두가 이번 십천야의 일과 관련되었다고 판단하는 것도 무리였다.

또한 십천야 상부에서 자신이 이 같은 결정을 내린 사실을 안다면 정보에 혼선을 주기 위해 외부에 나가 있는 마교의 무인들 일부를 직접 죽일 것이다.

이처럼 가짜와 진짜 정보들이 뒤섞이게 된다면 그 본질은 흐려지기 십상이다.

의심은 가더라도 확신하기는 어려운 일이 많을 테고, 그로 인해 마교 내부에 있을 십천야의 세력 중 상당 부분은 명맥을 유지할 수 있을 게다.

그리고 그 후의 일은…… 어르신이 알아서 하실 터.

이것이 죽음이 확실해진 지금으로서 할 수 있는 최선의
선택이었다.

일말의 망설임도 없는 십천야 쪽 무인들의 모습에 악준
기가 놀란 듯 중얼거렸다.

"지독한 놈들입니다."

"그만큼 잘 훈련된 자들이라는 소리겠지."

스스로의 얼굴을 잡아 뜯는 건 천무진으로서도 예상치
못한 일이었다.

분명 당황스러운 일이었지만…….

천무진의 시선은 흔들림 없이 양사창에게 향해 있었다.

다른 이들의 정체는 몰라도 상관없었지만, 바로 저자. 저
자만큼은 놓치고 싶지 않았다.

십천야의 한 명이 분명한 사내.

그의 뒤를 캔다면 꽤나 많은 일들을 알아낼 수 있을 거라
는 확신이 있었다.

천무진이 피투성이가 된 얼굴로 서 있는 양사창을 바라
보며 속으로 중얼거렸다.

'……네 녀석 정체만은 반드시 알아내 주지.'

그렇게 천무진이 다짐을 하는 때였다.

얼굴을 뜯어낸 양사창을 향해 단엽이 한 걸음 다가서며
입을 열었다.

"뭐 하는 거야. 우리 싸움마저 포기한 건 아니겠지?"

"……그럴 리가."

살지 모른다는 희망은 버렸다.

허나 그 말이 순순히 죽어 준다는 말은 아니었다. 적어도 단엽 이자와의 싸움은 매듭지어야 했다.

카라라랑!

검으로 바닥을 긁으며 걷기 시작한 양사창의 손에 들린 쌍검에서 아지랑이처럼 검기가 피어올랐다.

양사창이 중얼거렸다.

"저승길 노잣돈으로 대홍련 부련주의 목이라…… 생각보다 싸긴 하지만 그래도 빈손으로 가는 것보다는 낫겠지."

그런 그의 말에 단엽이 히죽 웃으며 대꾸했다.

"어쩌냐. 그건 힘들 거 같은데. 아, 그래도 너무 걱정 말라고. 엽전 몇 푼 정도는 쥐여 줄 테니까."

단엽이 말을 끝내는 것과 동시에 피투성이의 두 사람이 서로를 향해 달려들었다.

2장. 최후의 보루

— 내 선택은…….

　재차 대결을 시작한 두 사람의 싸움은 여전히 격렬했다.
주변으로 광풍이 휘몰아쳤고, 서로를 향해 막대한 내력을
쏟아 냈다.

　콰콰콰쾅!

　폭발과 함께 양사창이 쏘아 낸 강기의 가닥들이 단엽을
스쳐 지나갔다. 그 힘이 얼마나 컸는지 강기가 향한 곳에
자리하고 있던 수십여 개의 나무들이 그대로 가루가 되듯
터져 나갔다.

　순식간에 거리를 좁힌 단엽의 주먹이 그의 안면을 후려
쳤다.

쩌엉!

허나 양사창은 검을 들어 올리며 그 공격을 받아 냈다. 그리고 곧바로 특이한 외향의 검을 연달아 휘두르며 단엽을 뒷걸음질 치게 만들었다.

팡팡!

단엽은 주먹으로 날아드는 양사창의 검을 계속 쳐 내는 데 열중했다.

몸의 상태는 단엽이 압도적으로 좋았고 승기 또한 그가 잡고 있었거늘 이상하게도 싸움은 계속해서 양사창이 공세를 이끌어 가는 식으로 진행되고 있었다.

연신 밀려 나가면서 검날을 쳐 내는 것에 급급한 단엽의 모습에 결국 싸움을 보고 있던 악준기가 천무진을 향해 조심스레 전음을 날렸다.

『계속 두고 보셔도 되겠습니까? 어차피 끝난 싸움입니다. 이러다가 큰 부상을 입거나 할 바에는 그냥…….』

『됐으니까 그냥 두고 봐. 아까부터 노리는 게 있는 듯하니까.』

『노리는 거요?』

악준기의 물음에 천무진은 그저 고개를 끄덕이는 것으로 답을 대신했다.

자꾸 밀려나며 방어를 위주로 하고 있으니 당장에 큰 부상을 입어도 이상할 것 없어 보이겠지만…….

천무진의 생각은 오히려 반대였다.

베이는 것만으로도 살점을 찢어 내는 특이한 쌍검을 휘두르는 양사창이다.

일정 부분 공격을 포기한 채로 그런 그의 검을 연달아 주먹으로 쳐 내는 것에 집중하고 있는 단엽의 의아한 행동.

천무진이 확신 어린 표정으로 전음을 날렸다.

『점점 궁지로 몰리고 있는 건 단엽이 아니야. 오히려…… 그 반대지.』

악준기는 천무진의 말을 도통 이해하기가 어려웠다. 분명 대결에서는 단엽이 이기고 있는 게 사실이지만 지금 장면을 보고 있자면 누가 유리한지 혼동이 올 것 같았다.

모두가 알지 못하는 지금, 오로지 천무진만이 단엽의 생각을 알고 있었다.

무턱대고 싸움을 벌이던 그다.

자신의 몸 상태 따위는 아랑곳하지 않고 상대를 쓰러트리는 것에만 열중했다. 물론 지금도 단엽은 크게 변하지 않았다.

싸움을 즐기고, 또 상대를 이기는 것에서 쾌감을 느끼는 전형적인 투견에 가까운 무인.

그랬던 그에게 조그마한 변화가 생겼다.

그건 예전보다 조금 더 영리하게 싸울 수 있게 됐다는 거다.

바로 지금처럼.

카앙!

날아드는 검을 재차 권갑으로 받아쳐 낸 단엽이 히죽 웃었다. 예전이라면 일방적으로 밀리는 이런 상황에 짜증부터 났겠지만…… 지금은 오히려 그 반대였다.

처음부터 의도된 방어였으니까.

조금 더 공격적으로 나갔다면 이 싸움은 벌써 끝이 났을지도 모른다. 허나 그랬다면 단엽 또한 지금보다 훨씬 큰 부상을 껴안았어야 할 것이다.

더군다나 양사창의 무기는 치명상을 가하기 무척이나 용이한 물건. 혹시라도 깊게 들어온다면 그 부상은 꽤나 위험할 가능성이 존재했다.

평소의 그였다면 모를까 지금으로선 큰 부상은 사양이었다.

……싸워야 할 상대가 앞으로도 많이 남았으니까.

날아드는 검을 재차 주먹으로 쳐 내며 단엽은 느낄 수 있었다.

'슬슬 오는 것 같은데.'

손끝에 느껴지는 미미한 차이.

그리고 그 차이를 느끼며 단엽은 여태까지보다 반걸음 정도 더 앞으로 몸을 기울였다.

동시에 날아드는 양사창의 두 검이 번갈아 가며 단엽을 노렸다.

슈슈슉!

'어딜.'

주먹으로 쳐 내는 것과 동시에 앞으로 기울인 몸을 이용해 상대와의 거리를 좁혔다. 그와 함께 단엽의 주먹에서 붉은 불꽃이 기다렸다는 듯 쏟아져 나왔다.

권강에 가까운 기운이 밀려들자 양사창은 검을 벽처럼 세우고는 내력을 끌어올렸다.

쿠카카카캉!

그의 몸이 거칠게 밀려 나갔다.

동시에 단엽의 주먹이 날아들었다.

카앙!

귓전을 울리는 쇳소리, 동시에 양사창의 검이 반원을 그리며 치고 들어왔다.

좌우를 연달아 치고 들어오는 공격을 가볍게 받아 낸 단엽의 발이 재빨리 상대의 복부를 걷어찼다. 주춤거리며 물러서던 양사창의 검이 다가서려는 단엽을 향해 날아들었다.

피잇!

볼을 스치고 지나가는 검. 그리고 단엽은 재차 그 검을 후려쳤다.

"윽!"

무지막지한 힘에 양사창의 팔이 팔목째 뒤로 비틀리는 순간 단엽의 어깨가 밀고 들어갔다. 양사창은 서둘러 몸을 웅크렸지만, 지척까지 다가온 단엽의 힘이 폭발하는 게 먼저였다.

쩌엉!

좁은 간격에서 뿜어져 나온 단엽의 일격에 양사창은 그대로 허공으로 붕 떠서 밀려나야만 했다.

그리고 그 틈을 놓치지 않고 단엽의 주먹에서 권풍이 몰아쳤다.

파파파팡!

서둘러 양사창이 검을 휘저으며 막아 냈고, 가까스로 몸을 굽히며 착지한 그는 내력을 담아 검을 휘둘렀다.

팡!

밀려드는 공격을 주먹으로 받아 낸 단엽은 지체하지 않고 곧바로 양사창에게 달려들며 보다 강하게 공격을 퍼부었다.

방어에 치중했던 아까와는 급격히 달라진 움직임에 양사창의 평정심이 흔들렸다.

빠르게 파고드는 권풍을 검으로 막아 내긴 했지만 그 충격파가 고스란히 전신으로 퍼졌다.

푸웃!

입으로 피가 쏟아져 나왔고, 그대로 양사창은 비틀거릴 수밖에 없었다. 하지만 그렇다고 해도 그의 시선은 단엽을 놓치지 않고 뒤쫓고 있었다.

양사창의 시선이 자신의 몸을 파고드는 단엽을 따라갔다.

거리가 지척이 되는 순간 두 사람이 동시에 내력을 쏟아 냈다.

퍼엉!

내공이 실린 검과 권갑이 충돌했다.

동시에 밀려 나가는 두 사람, 그런데…….

밀려 나가는 단엽의 눈동자가 번쩍였다.

'지금이다!'

때가 되었음을 확신한 단엽은 더는 망설이지 않았다. 그의 손바닥 위로 다시금 불꽃이 밀려들었다. 커다란 내공이 몰려들며 커다란 소리와 함께, 주변에 바람이 휘몰아쳤다.

파르르르륵!

옷자락과 머리카락이 사방으로 나부낄 만큼 주변에 몰려드는 거대한 수준의 내공.

아까 전에 펼쳤었던 열화무쌍의 초식을 이번에도 펼치는

것이었다.

그때는 강기를 뿜어내며 막는 데 성공했던 양사창이다.

하지만 단엽은 확신했다.

'이걸로…… 끝이다.'

솟구쳐 오른 두 개의 회오리가 하나가 되어 날아드는 열화무쌍의 초식을 펼치며 달려드는 단엽의 모습에 양사창은 검을 쥔 손에 힘을 불어넣었다.

어느 순간부터 내공을 쏟아 내는 큰 공격보다는 계속해서 박투 쪽에 힘을 실어 왔던 단엽이다. 그러던 그가 갑자기 공세로 전환한 것으로 모자라 막대한 내공을 소모하는 무공을 펼치는 쪽으로 변화를 보이고 있었다.

무슨 꿍꿍이인지는 모르겠지만…….

'그 무공은 안 통한다.'

이미 한 번의 격돌로 어떠한 무공인지 눈으로 보았고, 직접 몸으로 느꼈다. 사실 이어지고 있던 싸움에서 계속 손해를 입어 가던 상황이었다.

차라리 이런 식의 대결은 양사창이 원하는 바였다.

열화무쌍의 초식을 상대하기 위해 양사창 또한 아까와 마찬가지로 검 두 개를 평행으로 들었다.

이(二)자 형태로 배치시킨 검에서 뿜어져 나오는 강기가 주변의 공기마저 갈가리 찢어 버렸다.

부우우웅!

아까는 이 상황에서 서로 비겼었지만, 이번엔 조금 다르다. 열화무쌍이라는 초식에서 조금이나마 비집고 들어갈 만한 틈을 확인했기 때문이다.

'내공 대결을 건 걸 후회하게 만들어 주지.'

확신 어린 상태로 양사창은 성큼 걸음을 옮겼다. 그는 망설이지 않고 검강에 휩싸인 두 자루의 검을 든 채로 밀려드는 단엽의 힘을 향해 몸을 던졌다.

이도전생류!

양사창의 검을 집어삼킨 검강이 자신을 향해 날아드는 회오리를 향해 파고들었다.

쿠우우웅!

열화무쌍과 이도전생류가 충돌하는 순간 아까의 격돌과 마찬가지로 엄청난 후폭풍이 휘몰아치기 시작했다.

드드드듯!

비슷한 상황, 허나 조금은 달랐다.

양사창의 몸이 한 점을 통해 빠르게 회오리 안으로 빨려 들어가고 있었던 것이다. 집어삼켜지는 듯한 모습이 위태위태해 보였지만 그건 착각이었다.

오히려 이렇게 안으로 파고들면서 치명적인 일격을 날릴 방도를 준비해 두었던 것이다.

계획대로 회오리를 가르며 몸이 안쪽으로 빨려들어 가는 순간.

그의 망가진 얼굴 한쪽에 자신감 가득한 미소가 걸렸다.

'좋아! 계획대로⋯⋯!'

바로 그때였다.

칭.

정체불명의 미세한 소리가 귓가를 파고들었다.

정말 자그마한 조약돌이 툭 하고 떨어졌을 때보다도 작은 소리였다. 더군다나 지금은 쏟아지는 공격 속으로 스스로 몸을 내던진 상황이었다.

주변의 모든 것이 뒤집어지고 있었기에 수많은 소리들이 귓가를 파고들었다.

그런데 왜일까?

많은 것들 중 유독 그 작은 소리가 흡사 천둥소리처럼 크게 느껴진 이유는.

그리고 이내 양사창은 그 불안한 소리의 정체를 알 수 있었다.

쩍. 쩌저적!

보다 확실하게 그 소리가 귓가를 파고드는 순간 양사창은 깨달았다.

검이⋯⋯ 부러지고 있다는 사실을.

열화무쌍과 이도전생류가 충돌하며 생겨난 강기의 파장들이 서로를 집어삼키며 무로 돌아갔다.

그리고 그 강기들 사이에서 쭉 내뻗어졌어야 할 양사창의 검이…….

투둑, 투두두둑.

조각조각이 나며 떨어져 내리는 검신, 그리고 뻗어져 있는 손은 공허한 허공만을 가르고 있었다.

두 개의 검 손잡이만을 잡은 채로 뻗어진 손은 결국 단엽에게 닿지 못했다.

분명 큰 충돌이었던 건 분명하다. 이런 상황이라면 아무리 뛰어난 무기라고 할지언정 부서지는 것 또한 있을 수 있는 일이다.

허나…… 동시에 두 자루의 검이 부서졌다.

이게 과연 우연일까?

순간 양사창의 머릿속에 지금까지 진행된 싸움의 구도가 떠올랐다. 이상할 정도로 방어에 열중하며 자신의 검을 연신 주먹으로 쳐 대던 단엽의 모습이.

'설마……!'

그제야 양사창은 알 수 있었다.

지금 이 일련의 과정들은 결코 우연이 아니라는 사실을. 처음부터 단엽이 노리고 준비해 왔던 것들이 모이고 모여서, 결국 이제야 터져 버렸다는 걸 말이다.

단엽은 계속해서 자신의 검을 두드려 대며 결국 이런 식으로 내공을 버텨 내지 못하는 상태를 만들어 낸 것이다.

그리고 그렇게 승부를 걸어오면 자신이 받아 줄 거라는 것도 예상했던 게 분명했다.

만약 그 예상이 맞는다면 처음부터 자신은 단엽의 손바닥 위에서 놀아난 것이나 다름없었다.

놀라는 것도 잠시, 양사창은 자신의 눈앞으로 계속해서 파도처럼 밀려드는 커다란 불꽃을 고스란히 맨몸으로 마주해야만 했다.

부러진 검날이 있던 장소에 검강은 여전히 빛나고 있었지만, 그 위력은 결코 아까와 같지 않았다. 그리고 힘이 무너지는 순간 양사창의 몸으로 열화무쌍의 충격이 고스란히 전해져 오기 시작했다.

콰콰콰콰쾅!

"커, 커커컥!"

검강이라는 건 검이 없다고 해서 사라지는 것이 아니었다.

하지만 내공의 배분이 무너졌고, 검날이 받아 줬어야 할 그 모든 충격들이 고스란히 밀려들어 왔다.

가뜩이나 내상을 입고 내공 소모도 많았던 상황에서 열

화무쌍의 회오리 안으로 스스로가 몸을 밀어 넣기까지 한 상황이었다.

찰나라고 할지언정 힘의 균형이 무너지자 그 공격은 치명타가 되어 돌아왔다.

붉은 불꽃에 뒤덮인 양사창의 몸이 갈가리 찢기는 듯한 고통에 휩싸였다.

"으아아악!"

비명 가득한 절규 소리.

그리고 이내 고통에 가득한 그 비명 소리는 점점 잦아들기 시작했다.

커다란 불꽃의 회오리가 휩쓸고 지나간 공간.

그곳에서는 양사창이 넝마가 된 채로 쓰러져 있었다.

승부를 보기 위해 스스로 열화무쌍의 초식 안으로 몸을 던졌던 선택이 결국 싸움의 승패를 결정짓게 만들어 버린 셈이다.

방금 전까지만 해도 뜨거운 폭풍이 몰아치던 전장.

그 전장은 거짓말처럼 조용하게 변해 있었다.

그리고 그곳에는 승자와 패자만이 존재할 뿐이었다.

몸을 돌린 단엽이 터덜터덜 걸음을 옮겼고, 그걸 의미심장한 눈빛으로 바라보던 악준기가 뒤편에 자리하고 있는 수하들을 향해 명령을 내렸다.

"남은 놈들을 정리하지."

말과 함께 움직이는 악준기의 심장은 무척이나 뜨거웠다. 어느새 자신을 넘어서 버린 존재인 단엽, 그의 싸우는 모습을 보고 있었더니 온몸이 근질거렸다.

지금은 이렇게 둘 사이에 차이가 벌어져 버렸지만…….

'그렇게 쉽게 지지 않는다, 단엽.'

마교를 대표해야 할 무인으로서, 사파의 인물인 단엽을 반드시 넘어서겠다고 다짐하며 악준기는 앞으로 나아갔다.

그 사이 단엽이 무릎에 생긴 상처 때문에 절뚝거리며 천무진에게 다가왔다.

천무진이 픽 웃으며 입을 열었다.

"꼴이 말이 아니네."

그런 그의 말에 단엽이 괜스레 불만스럽다는 듯 투덜거렸다.

"저런 무기 쓰는 건 반칙 아냐? 치사하게 말이야."

뒤를 힐끔 돌아보며 말하는 단엽을 가만히 응시하던 천무진이 이내 말했다.

"그래도 제법이네. 예전이라면 이겼더라도 훨씬 더 엉망이었을 텐데 말이야."

"마음 같아서야 그냥 확 달려들어서 박살을 내고 싶었지. 그렇지만…… 지금 내가 다치면 주인하고 두 녀석이 더 힘들어질 테니까."

십천야와의 싸움이 점점 본격화되어 가는 지금 긴 휴식을 필요로 하는 부상만큼은 어떻게든 피하고 싶었다.

그래야 천무진과 백아린, 그리고 한천과 함께 싸울 수 있을 테니까.

자신이 한 말임에도 뭔가 쑥스러운지 단엽이 황급히 화제를 돌렸다.

"근데 얼굴이 저렇게 됐는데 정체를 알아낼 수 있겠어?"

"……해 봐야지."

장담할 순 없었다.

스스로 얼굴을 망가트렸고, 정체를 알아낼 만한 신체적 특징을 발견할 수 있다 장담하기도 어려웠다. 하지만 십천야인 그가 어떤 직책으로 마교에서 지내고 있었는지를 알아야 더욱 많은 적들을 찾아내는 것이 가능했다.

핵심 인물로 보이는 상대를 제거하긴 했지만 결국 뿌리를 뽑아내지 못한다면 십천야는 다시금 마교 내부에 지금처럼 스며들고야 말 것이다.

슬쩍 하늘을 올려다본 천무진이 입을 열었다.

"얼굴을 망가트리는 바람에 정체를 알아내는 건 다소 어렵게 되긴 했지만…… 일이 이렇게 됐으니 아마 십천야 놈들 속은 말이 아닐걸."

천무진의 말에 옆에서 마찬가지로 하늘을 올려다본 단엽이 피가 묻어 있는 입가를 닦아 내며 말을 받았다.

"내가 그놈들한테 한 방 제대로 먹인 건가?"

"아마도?"

천무진의 대꾸에 단엽이 씩 웃으며 말을 받았다.

"……다음 놈은 언제 오려나."

＊　　＊　　＊

마교 내부에서 십천야의 임무를 해 가던 양사창의 죽음. 그것에 대한 소식이 전해지는 건 무척이나 빨랐다.

마교 내부에 숨겨져 있는 간자를 통해 직접 연락이 왔으니, 숨을 거둔 지 채 며칠도 되지 않아 이 같은 정보를 전달받을 수 있었다.

또다시 날아든 십천야의 죽음에 대한 급보에 휘장 안 어르신이라 불리는 인물은 할 말을 잃고야 말았다.

천무진과 그의 일행들은 계속해서 자신의 계획을 망치고 있었다.

그들이 방해하지 않았다면 무림맹에서는 지금보다 더 많은 부분에 자신의 세력을 확충했을 것이고, 마교를 집어삼키는 계획 또한 문제없이 진행되었을 터다.

거기다가 정보 단체인 귀문곡 또한 이미 자신들의 손을 떠났다고 봐도 무방했다.

적화신루가 무서운 속도로 그들을 집어삼켰기 때문이다.

양쪽 팔이 잘리고, 눈과 귀를 잃었다고 해도 과하지 않을 정도의 타격을 입어 버렸다.

적련화를 통해 천무진을 자신들의 손아귀에 넣으려던 계획이 실패로 돌아간 이후부터 휘장 속 인물은 계속해서 고민해 왔다.

하나의 결정에 대한 선택을 하기 위해서였다.

하지만 그 선택은 결코 쉽지 않았다. 꽤 긴 시간을 고민했음에도 불구하고 아직까지 답을 내리지 못했을 정도로.

자신이 이 선택을 하게 됨으로써 여태까지 준비했던 모든 것들을 바꿔야 할지도 모른다.

그렇지만…… 마교에 심어 둔 십천야가 흔들리고 있다. 그들이 무너진다면 자신이 꿈꾸는 모든 일들 또한 점점 멀어질 수밖에 없었다.

그랬기에 어르신이라는 존재는 결국 오랫동안 심사숙고해 왔던 하나의 일에 대한 최종 결정을 내려야만 했다.

그가 나지막이 입을 열었다.

"매유검."

어르신의 부름에 한쪽에 조용히 자리하고 있던 장포를

눌러 쓴 사내가 모습을 드러냈다. 다른 십천야와도 대립각을 세울 정도로 날카로운 그다.

더군다나 유일하게 함께 지내던 적련화가 얼마 전 죽게 되면서 매유검은 더더욱 살기를 풍겨 대고 있었다.

그리고 그 표적은 언제나 천무진이었다.

그는 천무진을 증오했다.

마치 자신의 중요한 무엇인가를 빼앗은 존재를 보는 것처럼.

모습을 드러낸 매유검이 장포를 눌러써 보이지 않는 얼굴을 숙이며 입을 열었다.

"예, 어르신."

"나는……"

결정을 했기에 명령을 내리려고 입을 열었다. 허나 이미 결정을 하고도 쉽사리 입이 떨어지지 않았다. 순간적으로 이게 과연 옳은 선택인가 하는 의문이 들었으니까.

최악의 경우 모든 계획이 망가질 수도 있다는 두려움이 있었기 때문이다.

말을 꺼낸 직후 다시금 침묵하던 어르신.

휘장 속에 자리한 그가 손으로 이마를 감싸 안았다.

머리가 복잡했고, 마음은 불편했다.

하지만 알고 있었다.

적련화가 실패했을 때부터 답은 정해져 있었다는 걸. 알면서도 그저 다른 길을 찾고 싶었던 것뿐이다.

그렇지만 이제는 인정해야만 한다.

지금 할 수 있는 선택은 이것뿐이라는 걸.

긴 침묵 속에 자리하고 있던 그가 결국 입을 열었다.

"……마지막 계획을 실행한다."

어르신의 그 한 마디에 장포 속에 감춰진 매유검의 눈동자가 번뜩였다.

매유검이 짧게 답했다.

"준비하겠습니다."

＊　　　＊　　　＊

마교 소교주 악준기의 암살 시도 사건.

그 사건을 막아 낸 천무진 일행은 곧장 그곳에서 제압한 이들의 신상 조사에 들어갔다. 대다수가 죽거나, 자결을 한 탓에 스스로 얼굴을 망가트린 그들의 정체를 알아내는 일은 어려웠다.

하지만 키나 체형 같은 신체적 특징과 갑자기 실종된 정황들을 따지며 의심스러운 자들을 추려 갔다.

그리고 역시나 가장 신경을 쏟은 건 그들의 수장으로 모습을 드러냈던 양사창의 존재를 알아내는 것이었다.

그러나 그의 정체를 밝히는 건 쉽지 않았다.

양사창은 특이한 신체적 특징도 없었고, 뭔가를 특정할 만한 장신구나 물건을 지니고 있지도 않은 상황이었다.

그렇지만 쉽게 포기할 순 없었고, 백아린은 양사창의 존재를 알아내기 위해 백방으로 애쓰고 있었다.

그리고 그 와중에 신원 파악을 마친 자들을 조사해 숨겨져 있던 십천야와의 고리를 찾아냈고, 연관된 인물들을 모두 체포하기 시작했다.

이같이 거침없는 소교주 악준기의 행보에 마교가 발칵 뒤집히는 건 당연했다. 수많은 이들을 잡아들였고, 개중 대부분은 교주 쪽 인물들이었으니까.

허나 분명한 증거가 있었고, 소교주인 악준기의 암살을 시도한 일과 연관되었다는 건 제아무리 교주를 따르는 이들이라 할지라도 편을 들어주기 어려운 부분이었다.

그렇게 악준기는 이번 일과 관련 하여 전권을 위임받고 매서운 기세로 마교 내부에 숨어 있는 십천야를 색출해 내고 있었다.

악준기가 동분서주하고 있을 그때.

바쁜 건 그뿐만이 아니었다.

천무진 일행 또한 이번 일과 연관되어 무척이나 바삐 움직이고 있었다.

십천야로 의심되는 이들에 대한 뒷조사를 위해 천무진과 한천은 마교 외성을 걷고 있었다.

지금 그들이 뒤를 쫓는 자는 용호검각(龍虎劍閣)의 부각주인 송건웅(宋乾雄)이라는 사내였다. 저녁 시간이 훌쩍 지났을 무렵 홀로 외성으로 나온 그는 어딘가로 향하고 있었다.

그리고 적당한 거리를 둔 채로 천무진과 한천이 그 뒤를 쫓고 있었다.

죽립으로 얼굴을 가린 채 송건웅을 뒤쫓는 두 사람의 발걸음이 멈춘 곳은 마교 외성에 있는 정월루라는 이름을 지닌 기루 앞이었다.

정월루의 입구에 도착한 송건웅은 주변을 한 번 살피고는 이내 안으로 들어섰다.

그리고 그걸 확인한 순간 천무진은 바깥에서 대기했고, 한천이 곧장 그 뒤를 따라붙었다. 천무진과 달리 한천은 크게 얼굴이 드러나지 않았고, 그랬기에 이런 상황에서 상대에게 보다 가까이 다가가는 데 용이했기 때문이다.

그렇게 천무진이 약 이 각가량을 바깥에서 기다렸을 때다.

안으로 들어섰던 한천이 터덜터덜 걸어 나왔다. 그가 지친다는 듯 머리에 쓰고 있던 죽립을 풀어헤쳤다.

근처 골목길에 몸을 감춘 채로 대기하고 있던 천무진이 한천을 향해 가볍게 손을 들어 올렸다.

이윽고 천무진이 있는 곳에 도착한 한천은 자신이 본 걸 알렸다.

"추수림(秋秀林), 오위(吳葦), 모숙룡(慕宿龍) 이 세 사람과 만났더군요. 의심했던 대로입니다."

"무슨 특별한 이야기는 없고?"

"뭐 조금 엿듣긴 했는데…… 아무래도 직접적인 연관이 있는 것 같지는 않더군요. 그래도 겁을 잔뜩 집어먹고 있는 걸 보아하니 조만간 사고 하나 치지 않을까 싶은데요."

송건웅은 나름 뛰어난 무인이었지만 중간책 정도로 파악된 자였다. 몇 가지 증거들이 있어 당장 체포해도 문제 될건 없었지만 천무진은 오히려 그를 일부러 놔두고 있었다.

어차피 송건웅은 잔챙이에 불과했기에, 그를 미끼로 더욱 큰 자들을 잡아내기 위해서였다.

그곳에 선 채로 천무진과 한천은 잠시 대화를 나눴다. 한천이 안에서 들은 것들 중 몇 가지 사실을 전달하긴 했지만 그다지 특별할 건 없었다.

대충 상황 파악을 끝낸 천무진이 고개를 끄덕이고는 이내 말했다.

"고생했어, 부총관. 돌아가자고."

말을 마친 천무진이 슬쩍 몸을 돌려 마교 내성을 향해 움직였다.

추적이 끝난 탓인지 천무진 또한 시야를 가리고 있던 죽립을 풀었다. 반나절 가까이 송건웅의 뒤를 쫓아 대던 탓에 오늘 하루도 어느덧 다 지나가고 있었다.

천무진의 옆에서 나란히 걷고 있던 한천이 크게 하품을 했다.

"하암, 피곤하네요."

슬쩍 천무진의 눈치를 살피던 한천이 이내 옆으로 시선을 돌리며 괜히 혼잣말처럼 말을 이어 나갔다.

"이럴 때 술 한잔하면 딱인데 말이야."

그런 그를 향해 천무진이 씨알도 안 먹히는 소리 말라는 듯 딱 잘라 말했다.

"백아린이 술 마시지 말고 바로 돌아오라던데. 특히 부총관은."

"하아, 하여튼 우리 대장 귀신같다니까."

이미 그럴 줄 알았다는 듯 말을 전해 놓은 백아린의 행동에 한천이 혀를 내둘렀다. 허나 술을 마시지 못한다는 말에 아쉬운 척 행동하고 있었지만, 사실 한천의 관심사는 그것이 아니었다.

그가 슬쩍 흘리듯 말을 이었다.

"근데 별로 안 놀라신 모양입니다."

"뭐가?"

"뭐…… 있잖습니까, 그거."

은근슬쩍 돌려 말하고 있었지만 천무진은 한천이 말하고자 하는 바를 단번에 알아차릴 수 있었다.

백아린이 루주라는 자신의 진짜 정체를 드러낸 것에 대해 이야기하는 거다.

사실 한천 또한 적잖이 놀란 일이었다.

특별히 들킬 상황이 아니었음에도 불구하고 굳이 본인이 직접 정체를 드러냈다.

그리고 그 모습을 보며 한천은 백아린의 마음을 알게 되었다.

그만큼 더 이상은 천무진을 속이고 싶지 않다는 의미다.

한천의 질문에 잠시 입을 닫았던 천무진이 이내 짧게 답했다.

"……놀랐어."

"그래요? 전혀 안 그래 보이시던데."

"내색을 안 했을 뿐이야. 하지만 처음에 잠깐 놀랐던 거지 좀 지나니 오히려 쉽게 수긍이 되더군. 그런 뛰어난 능력에 그 자리라니…… 실력이 아깝잖아?"

백아린에 대한 칭찬에 한천이 코를 슥 문지르며 말을 받았다.

"하하! 그렇죠. 대장이 능력 하나는 알아줘야 한다니까요. 어릴 때부터 어찌나 그리 영특하던지 원."

웃으며 말하는 한천의 모습에 천무진이 그를 슬쩍 바라보더니 물었다.

"어릴 때부터 보아 온 모양이던데."

"그럼요. 저희 인연이 십몇 년은 족히 되는걸요."

예전 기억을 떠올리며 싱글벙글 웃는 한천을 향해 천무진이 작게 중얼거렸다.

"궁금하네. 그 여자의 어릴 때 모습."

"아주 귀여운 아이였습니다. 거기다가 지금과는 달리 여성스러운 물건도 좋아했었고요. 키도 겨우 요만했었다니까요? 그 작은 키로 절 엄청 쫓아다녔죠. 생각해 보니 예전엔 정말 착했는데 말이죠. 지금은 어쩌다 이렇게 절 들들 볶는 분이 되셨는지 원."

툴툴거리는 한천을 향해 천무진이 짧게 답했다.

"그때도 착했나 보군."

생각지도 못한 천무진의 그 한 마디에 한천은 움찔했다.

사실 백아린에 대한 사람들의 인상은 언제나 비슷했다.

아름답지만 차가워 보인다는 말들.

그 외에 일 처리가 뛰어나다고 칭찬하는 이들도 많았다.

허나 그들 중 누구도 백아린을 향해 착하다는 말을 하지는 않았다.

적화신루의 루주가 되면서 언제나 그런 모습은 뒷전이었으니까.

선한 모습보다는 능력을 보여 주기 위해 노력해 왔다. 그렇지만 한천은 알고 있다. 뛰어난 능력 뒤에 자리하고 있는 그녀의 진짜 장점을.

어둠 속에 살고 있던 자신을 구해 냈던 그 밝은 빛을 머금은 선함, 바로 그것이었다.

자신 외에는 아무도 알지 못하는 백아린의 선함에 대해 이야기하는 천무진의 모습에 놀란 듯 눈을 치켜떴던 한천이 이내 선선히 고개를 끄덕였다.

"……그분은 변한 게 없으시죠."

참으로 한결같은 여인이다.

어릴 때부터 지금까지.

그녀가 있었기에 지금의 자신 또한 있을 수 있다는 사실을 한천은 잘 알고 있었다.

잠시 진지한 표정을 지어 보였던 한천은 이내 평소처럼 장난스러운 모습으로 말을 이었다.

"대장에 대해 궁금한 거 있으면 다 물어보시죠. 제가 다 말씀드릴 테니."

"그건 사양하지. 물어볼 게 있으면 직접 물어보고 싶으니까."

"그러시다면야 뭐."

어깨를 으쓱하며 걸어가는 한천을 향해 잠시 시선을 주던 천무진이 이내 입을 열었다.

"물어보라고 해서 하는 말인데 백아린보다는 당신에 대해 하나 묻고 싶은 게 있는데."

"저한테요? 뭡니까?"

대수롭지 않게 말을 이어가는 한천을 향해 천무진이 짧게 질문을 던졌다.

"당신 정체."

"……"

천무진의 질문에 한천은 입을 닫았다.

그가 어떠한 의도로 이 같은 질문을 한 것인지 너무도 잘 알고 있었다.

하지만…….

한천이 이내 웃는 얼굴로 말을 받았다.

"아시지 않습니까. 적화신루의 부총관이죠."

"뭐…… 그렇긴 하지."

대답하지 않는 한천을 향해 천무진 또한 더는 아무런 것도 캐묻지 않았다. 이 넓은 무림에 과거가 있는 이들이 어디 한둘이랴.

질문을 해도 괜찮다고 했으면서도 진지하게 대답하지 않는 건 다 이유가 있을 거라 생각했다.

그랬기에 천무진은 더는 그와 관련된 질문을 하지 않았다.

대신 천무진은 솔직한 말로 상황을 매듭지었다.

"말하지 않아도 돼. 하지만 언젠가 말해도 될 때가 오면…… 그때는 당신 이야기가 듣고 싶군."

무슨 소리냐고 둘러대도 될 이야기.

그렇지만 한천은 천무진의 그런 말에 빙긋 웃었다.

너무도 속 보이는 거짓말은 하고 싶지 않다는 생각이 들어서다.

웃는 얼굴로 한천이 답했다.

"……언젠가 그럴 날이 오겠죠."

"기대하지."

그 말을 끝으로 두 사람은 잠시 대화를 멈춘 채로 내성을 향해 걸어갔다. 어느덧 해가 지고 점점 어둠이 찾아오는 마교의 외성.

한창 사람들이 몰리는 시간이라 그런지 외성의 번화가는 사람들로 북적였다.

기루와 객잔들에서는 연신 밝은 빛을 쏟아 냈고, 길거리에 즐비한 노점상이나 가게들도 무척이나 분주했다.

그렇게 두 사람이 시끌벅적한 번화가를 지나쳐 갈 때였다.

한천을 뒤따라 걸어가던 천무진이 갑자기 멈추어 섰다. 그리고는 이내 뭔가를 발견한 듯 길옆에 위치한 가게 쪽으로 걸음을 옮겼다.

천무진이 멈추어 선 곳.

그곳은 다름 아닌 화려한 장신구들을 파는 가게였다.

천무진이 입구에 선 채로 바깥에 있는 물건들을 바라보고 있자 안쪽에 있던 가게 점원으로 보이는 젊은 사내가 서둘러 모습을 드러냈다.

"찾으시는 거라도 있으십니까?"

"잠시 구경 좀 하고 싶은데."

"아, 그럼요. 얼마든지 하시지요. 필요한 게 있으시면 바로 말씀 주시고요."

그렇게 천무진과 점원이 대화를 주고받는 사이, 앞장서서 걸어가던 한천이 어느덧 다가와 있었다.

그가 장신구 가게 앞에 자리하고 있는 천무진을 향해 물었다.

"뭐 하십니까?"

어깨 너머로 곁눈질하며 물어오는 한천을 향해 천무진이 답했다.

"······그냥 눈에 걸리는 게 좀 있어서."

말을 내뱉는 천무진의 시선이 향한 곳에는 팔찌 하나가
자리하고 있었다.

팔찌는 붉은색의 작은 옥들로 이루어져 있었다.

수십여 개의 붉은 옥들이 얇은 금줄에 길게 꿰어져 있는
것이었다.

말없이 팔찌를 바라보는 천무진의 모습에 한천이 의외라
는 듯 말했다.

"팔찌 하시게요? 이런 거 좋아하셨습니까?"

"아니, 내 게 아니라······."

말을 하던 천무진이 점점 말끝을 흐렸다. 그러자 한천이
눈을 동그랗게 뜬 채로 물었다.

"천 공자님 것이 아니면 뭔데요? 아아, 천 공자님이 차
시려는 게 아니라 다른 분께 선물로 주시려는 거군요. 하
하! 대체 누구기에 천 공자님이 이런 선물을······."

웃으며 말을 내뱉던 한천의 목소리 또한 방금 전 천무진
의 것처럼 점점 잦아들었다.

그가 이내 당황한 듯 물었다.

"설마 그 상대가 저희 대장입니까?"

"뭐, 신세 진 것도 많으니까. 고마워서 뭐라도 해 주고
싶은데 그냥 뭘 주면 좋을까 싶던 차에 보이더라고. 백아린

이 특별히 장신구를 안 하긴 하지만 그래도 이 팔찌는 어울릴 것 같아서."

횡설수설하는 천무진의 모습은 평소와 무척이나 달라 보였다.

그만큼 스스로도 당황하고, 부끄러워하고 있다는 증거였다.

천무진은 한천이 아까 말한 이야기들 중 어렸을 적 여성스러운 걸 좋아했다던 그 말을 놓치지 않고 기억하고 있었다.

그 선한 성격이 변하지 않은 것처럼 다른 부분 또한 다르지 않을 거라 여겼다.

그저 상황이 이러니까.

좋아하던 그 모든 걸 포기하며 살아가고 있는 거라는 생각이 들었다.

그러던 차에 눈에 들어온 팔찌.

평소의 천무진이었다면 절대 그럴 일이 없었을 터인데 이상하게도 저절로 이쪽으로 다가와 팔찌를 확인하게 되었다.

한천이 동행하고 있었다는 사실을 뻔히 알면서도 말이다.

그리고 결국 지금처럼 어울리지 않게 당황한 모습을 보이는 상황에 처하고야 말았다.

허나 일은 이미 벌어졌고, 이 팔찌를 백아린에게 선물해
주고 싶은 마음 또한 진심이었다.

천무진이 조심스레 눈치를 살피듯 물었다.

"왜? 별론가?"

평소답지 않은 그의 모습.

그렇지만 그 모습을 보고 있노라니 한천은 자신도 모르
게 마음 깊숙한 곳에서 나오는 진짜 미소를 보이고야 말았
다.

그가 진심을 담은 목소리로 답했다.

"……아뇨, 예쁘네요. 그 팔찌."

3장. 마음
— 같이 갈래요?

　백아린에게 줄 붉은 팔찌를 하나 사 든 천무진은 곧장 거처로 돌아왔다. 지금까지 줄곧 동행했던 한천이 의미심장한 인사를 건넸다.

　"그럼 방해자는 이만 사라지겠습니다. 내일 뵙죠."

　말을 마치고 빠르게 사라지는 한천을 뒤로한 채 천무진은 그 자리에 서서 머리를 긁적였다.

　그녀가 떠올라 무작정 이 팔찌를 사 들긴 했지만, 막상 거처에 도착하니 어떻게 건네야 할지 고민이 되는 탓이다.

　허나 머뭇거림은 그리 길지 않았다.

　천무진은 곧장 백아린이 머물고 있는 처소 쪽으로 걸음

을 옮겼다. 그렇게 막 천무진이 근처에 도착했을 때였다.

벌컥.

백아린이 기거하는 처소의 문이 열리며 그곳에서 그녀가 모습을 드러냈다.

안에서 걸어 나오는 그녀를 발견한 천무진이 손을 들어 올리며 말을 걸었다.

"어이, 백아린."

"이제 와요?"

"응, 막 돌아왔어."

"갔던 일은 어떻게 됐어요?"

백아린이 궁금하다는 듯 물었다. 이번에 일어난 마교 소교주 습격 사건과 관련된 이들을 뒷조사하던 중, 나름 윗선과 연관되었을 거라 판단되는 송건웅을 밀착하여 감시하던 천무진이다.

그녀의 질문에 천무진이 간단히 답했다.

"별건 없었어. 예상대로 움직이고 있고, 아직까지는 눈치를 보고 있는 것 같아."

"그렇군요. 빨리 좀 움직여 주면 좋겠는데."

"바보가 아니고서야 지금 같은 때엔 최대한 몸을 사리려 하겠지. 그래도 마교에 심어져 있던 십천야가 죽었으니, 결국 움직일 수밖에 없을 거야. 우리는 그 기회를 잡으면 되고."

침착하게 말하는 천무진과 마주하고 있던 백아린이 슬며시 미소를 지었다. 그 같은 그녀의 모습에 천무진이 고개를 갸웃하며 물었다.

"뭐야 갑자기?"

"아, 기분 나빴다면 죄송해요. 그냥 예전보다 여유가 좀 있어 보여시요."

다른 일과는 달리 십천야와 관련되기만 하면 언제나 과할 정도로 흥분해서 나서던 천무진이었다. 그러던 그가 오히려 이처럼 담담하게 대응하고 있다.

예전과는 많이 달라진 모습, 그리고 그 이유엔 백아린 그녀가 있었다.

혹시나 기분이 상했을까 자신의 표정을 살피는 그녀에게 천무진이 말했다.

"……당신 덕분이야."

"저요?"

"그때 당신이 날 구해 줬잖아. 그다음부터 한결 마음이 편해졌어."

적련화에게 당했던 그 날.

지옥과도 같았던 그 순간이 다시금 찾아왔던 그때 바람처럼 나타나 자신을 구해 준 여인.

백아린 덕분에 다시금 정신을 차리게 되며 천무진의 심

경에는 많은 변화가 있었다.

어둠 속에서 자신을 향해 날아든 하나의 빛줄기, 천무진에게 있어 그녀가 자신을 구해 낸 건 단순히 고맙다는 말 정도로 표현할 일이 아니었다.

그녀 덕분에 천무진은 다시금 삶을 얻었고, 또 하나……희망이라는 걸 가지게 됐으니까.

막연하게 두려워했었다.

애써 아닌 척 외면해 왔지만, 결국 언젠가는 저번 생에서와 같은 삶을 살게 되는 게 아닐까 하는 깊은 두려움을 가지고 살았었다.

하지만 이제는 아니었다.

백아린이 자신을 그 지옥에서 끄집어내 주는 순간 이번 삶이 저번과는 다를 거라는 정체 모를 확신을 얻을 수 있었으니까.

천무진의 말에 백아린은 기분 좋은 미소를 지어 보였다. 그러고는 이내 장난스럽게 투덜거렸다.

"봐요. 처음 만났을 때 제가 제법 쓸 만할 거라고 했죠? 그런 절 보고 탐탁지 않아 하던 게 누구였더라."

"그게 언제 적 이야긴데."

어느덧 일 년 가까운 시간이 지난 과거의 일을 들먹이는 백아린을 향해 천무진이 당황스러운 듯 중얼거렸다.

처음 만남에서 천무진은 백아린을 그리 마음에 들어 하지 않았었다.

이전 생에서 기억나지 않는 정체불명의 여인이라는 존재에게 조종을 당했던 이유가 가장 컸다. 여자라면 다소 불편했던 상황인지라 백아린의 등장에 표정까지 찡그렸던 천무진이다.

백아린의 말에 과거의 일이 생각난 천무진이 머쓱한 듯 머리를 긁적이다 이내 입을 열었다.

"늦었지만 그때 일은 사과하지. 당신 말대로야. 당신은 정말 능력 있는 사람이더군."

"장난친 건데 그렇게 사과를 하면……."

"진심이니까."

천무진의 그 한마디에 백아린은 다시금 입을 닫은 채로 그를 바라보기만 할 수밖에 없었다. 진심이라는 그 한마디에 담긴 수많은 감정들이 밀려왔다.

말을 마친 천무진은 슬쩍 품 안쪽으로 손을 가져다 넣었다.

백아린에게 주려고 사 온 팔찌를 선물하기에 지금 순간이 나쁘지 않다 생각해서였다.

하지만…….

"아 참, 내 정신 좀 봐. 잠깐 다녀올 곳이 좀 있어서 나가려던 참이었거든요."

"……아."

천무진이 자신도 모르게 팔찌를 꺼내려던 것을 멈칫하는 찰나 백아린이 슬쩍 눈치를 살피다 물었다.

"혹시 괜찮으면 같이 갈래요?"

백아린의 제안에 천무진은 품 안에 넣었던 손을 그대로 꺼냈다. 그러고는 이내 그가 작게 고개를 끄덕였다.

"그러지."

천무진을 대동한 채로 백아린이 향한 곳은 종종 찾아갔던 적화신루의 거점이었다.

급히 의뢰할 것이 있었던 백아린은 사람을 시키기보다는 직접 거점을 찾아왔고, 일을 마치는 동안 천무진은 바깥에 선 채로 그녀를 기다리고 있었다.

안으로 들어간 지 약 일각 가량이 지났을 무렵.

일을 끝마친 그녀가 걸어 나왔다.

빠른 걸음으로 다가온 백아린이 먼저 말을 걸었다.

"많이 기다렸죠?"

"뭐, 별로. 그나저나 왜 이리 사람이 많지?"

건물 바깥에서 기다리고 있던 덕분에 주변의 오가는 사람들을 계속해서 보고 있었던 천무진이다. 아까 전 한천과 임무를 위해 움직였을 때도 느꼈지만 원래도 사람이 많은 이쪽 번화가가 오늘따라 더욱 많은 이들로 붐비고 있었다.

처음엔 그냥 그런가 보다 하고 보고 있었지만 계속해서 보고 있자니 뭔가가 이상하다고 느낀 것이다.

천무진의 질문에 마찬가지로 오고 가는 사람들을 슬쩍 바라보던 그녀가 이내 답했다.

"오늘이 아마 사월야(四月夜)라서 그런 거 같은데요?"

"벌써 그렇게 됐나?"

사월야라는 건 마교에서 행해지는 축제의 이름이다. 일 년에 네 번 벌어지는 축제로, 일종의 연례행사라고 보면 됐다.

사월야가 벌어지는 날은 마교 외성에서 각종 행사와 볼거리들이 즐비했기에 사람들이 붐비는 건 당연했다.

이 행사는 수십 년 전에 만들어져서 여태까지 쭉 이어져 왔는데, 이 모든 건 마교 외성에서 살고 있는 평범한 사람들을 위해 시작됐었다.

축제라는 이름하에 여러 가지 행사들이 벌어지니 자연스레 사람들이 붐볐고, 그건 곧 마교 외성에 있는 가게들의 매출 상승으로 이어졌다.

그리고 굳이 장사를 하는 이들이 아니라고 해도 오늘 하루만큼은 여러 가지 것들을 즐길 수 있으니, 당연히 많은 이들이 좋아하는 날이 될 수밖에 없었다.

거기다가 마교 본성에서 물심양면으로 여러 가지 지원들을 해 줬으니, 주기적인 축제임에도 불구하고 매번 생각보다 화려하게 진행됐다.

오늘이 사월야라는 사실을 떠올린 백아린이 급히 걸음을 옮기며 말했다.

"서두르죠. 시간대를 보니 잘못하면 인파에 휩쓸릴지도 몰라요."

지금도 길거리를 빼곡히 채우고 있는 인파들.

허나 지금 이건 아무것도 아니었다. 조금 더 시간이 흘러 사월야의 백미인 불꽃놀이가 시작된다면 그때는 발 디딜 곳이 없을 정도로 북적거릴 테니 말이다.

백아린이 무엇을 걱정하는지 알아차렸기에 천무진 또한 서둘러 그녀와 함께 몸을 움직였다.

늦은 밤.

평소라면 점점 조용해졌어야 할 시간임에도 오늘의 마교 외성은 무척이나 화려했고, 시끄러웠다.

인파들 사이에 파고든 두 사람이 빠르게 움직이던 그때였다.

피융!

귀를 울리는 날카로운 소리에 천무진과 백아린은 거의 동시에 뒤편으로 고개를 돌렸다. 어두운 밤하늘을 가르며 날아오른 새하얀 불꽃 한 줄기.

그리고 그건 잠시 후 시작될 불꽃놀이를 알리는 신호탄이었다.

다른 길목에 위치하고 있던 이들 모두가 서둘러 불꽃놀이를 구경하기 용이한 안쪽으로 쏟아져 들어왔다.

가뜩이나 사람으로 가득하던 길목에 더욱 많은 이들이 들어차기 시작했다.

갑자기 둘 사이로 파고드는 수많은 이들로 인해 백아린이 당황한 듯 인파에 휩쓸렸다.

"어어?"

마음만 먹는다면 자신을 밀면서 들어오는 이들을 모조리 쓰러트릴 정도의 괴력이 있는 백아린이었지만 상대는 평범한 사람들이었다.

그랬기에 백아린은 어쩌지 못한 채로 인파에 휩쓸리며 오히려 온 길을 되돌아가듯 뒷걸음질 쳤다.

그녀가 다급히 소리쳤다.

"잠시만요! 좀 지나갈게요!"

허나 그런 백아린의 외침은 수많은 사람들의 목소리에 묻혀 하나도 들리지 않았다.

옆에 있던 천무진이 보이지 않자 백아린은 까치발을 들고 주변을 빠르게 확인했다.

3장. 마음 − 같이 갈래요? 85

하지만 백아린의 눈에 천무진의 모습은 보이지 않았다. 그녀가 최대한 몸을 위로 뺀 채 낑낑거리며 어떻게든 앞을 비집고 들어가려는 그때였다.

스윽.

수많은 인파 사이.

그들 사이에서 뻗어져 나온 손 하나가 백아린의 손목을 잡아챘다. 그녀가 채 놀라기도 전이었다. 인파들 사이에서 그녀의 손목을 쥔 당사자가 모습을 드러냈다.

손목을 잡아챈 사람이 자신이 찾던 천무진이라는 걸 확인한 백아린이 한층 밝아진 표정으로 말했다.

"안 보여서 깜짝 놀랐잖아요."

"놀란 건 이쪽이거든?"

말을 마친 천무진은 이내 두 발에 내공을 불어넣은 채로 그 자리에 확실히 자리를 잡았다. 그가 공력을 싣자 수많은 인파들이 밀려들었음에도 불구하고 천무진은 마치 커다란 바위라도 된 것처럼 그 자리에서 꼼짝도 하지 않았다.

백아린에게 몰려드는 인파를 막아선 천무진이 여기저기 휩쓸려 다녔던 그녀를 향해 말을 이었다.

"뭐 하고 있던 거야? 힘은 천하장사면서."

"그러니까요. 그런 제가 힘을 쓰면 어떻겠어요."

웃으며 대꾸하는 백아린의 모습에 천무진은 못 말리겠다

는 듯 고개를 저었다.

그러고는 천무진이 말했다.

"됐고."

백아린의 손목을 잡고 있던 천무진의 손이 움직였다. 그리고 이내 그는 백아린의 손바닥을 꽉 움켜쥐었다.

맞잡은 손을 보며 그녀가 놀란 듯 눈을 치켜떴을 때였다.

몸을 돌린 천무진이 말했다.

"당신은 그냥 따라와."

말을 마친 천무진은 백아린의 손바닥을 꼭 쥔 채 앞으로 성큼 걸음을 옮겼다. 그가 밀려드는 사람들 틈으로 걸어 나갔다.

주변에는 여전히 수많은 이들이 몰려들었지만 백아린은 생각보다 수월하게 계속해서 걸음을 옮길 수 있었다.

그리고 그녀는 알고 있었다.

이 모든 것이 천무진 덕분이라는 것을.

그가 백아린이 걷기 쉽도록 직접 몸으로 다른 이들을 막아 주고 있는 중이었다. 혹여 떨어지지 않기 위해 손을 꼭 잡은 채로 말이다.

그렇게 자신에게 밀려드는 이들을 막아 주며 나아가는 천무진.

그런 천무진의 넓은 등을 백아린은 그저 하염없이 바라보기만 할 뿐이었다.

천무진의 손을 잡은 채로 그저 계속 뒤를 따라 걷기만 하던 백아린은 자신도 모르게 그의 등을 바라보며 입가에 미소를 머금었다.

그러다 문득 그런 생각이 들었다.

지금 웃고 있는 자신을 보면 천무진이 무슨 생각을 할지.

아마 뭐가 그리 재미있냐며 불쾌한 듯 툴툴거릴 게다.

하지만 지금 자신이 웃는 이유는 이 상황이 웃겨서가 아니었다.

그저 지금 이 순간이 좋아서.

그냥…… 행복해서.

그것이 전부였다.

손을 맞잡은 두 사람은 그렇게 말없이 계속해서 걸었다. 대략 반 각 가까운 시간을 걸은 후에야 천무진이 멈추어 섰다.

그가 말했다.

"휴, 여긴 좀 낫네."

불꽃놀이가 잘 보이는 곳과 다소 떨어진 위치라 그런지 사람은 아까보다 현저히 줄어 있었다. 주변을 둘러보던 천무진이 이내 말을 이었다.

"사람 많은 곳은 질색……."

말을 꺼내는 바로 그 순간이었다.

피유우웅! 파앙!

요란스레 들려오는 소리에 천무진의 시선이 그쪽으로 향했다. 휘황찬란한 불꽃들이 터져 나와 밤하늘을 가득 채우고 있었다.

색색들이 불꽃들이 화려한 자태를 뽐냈고, 그 모습에 천무진은 잠시 말을 하려던 것도 멈춘 채 그쪽으로 시선을 줘야만 했다.

그리고 그건 백아린도 마찬가지였다.

천무진과 백아린은 나란히 선 채로 하늘 위를 수놓는 불꽃을 바라보고만 있었다.

하늘을 올려다보던 천무진의 시선에 붉은 불꽃이 확 하고 들어왔다. 그리고 그 색깔을 보는 순간 천무진은 잠시 잊고 있던 것 하나가 떠올랐다.

품 안에 가지고 있던 붉은 팔찌였다.

천무진의 시선이 슬며시 옆으로 향했다.

그리고 그곳에는 하늘을 올려다보며 어린애처럼 웃으며 눈을 빛내고 있는 백아린이 있었다.

그런 그녀의 옆모습을 슬쩍 훔쳐보던 천무진이 자신도 모르게 중얼거렸다.

"유치하다고만 생각했는데 생각보다 나쁘진 않네."

"뭐가요?"

여전히 화려한 불꽃이 터져 나오는 하늘을 올려다보며 백아린이 물었다. 그러자 천무진이 답했다.

"불꽃놀이. 원래 별로 안 좋아했거든. 이런 걸 왜 보나 싶었는데…… 그런데 오늘 보니 썩 나쁘지 않은 것 같아서."

천무진의 말에 뭔가 답을 하려던 백아린이 갑자기 움찔했다. 생각해 보니 아직까지도 두 손을 꼭 쥔 채로 함께 불꽃놀이에 빠져 있었던 것이다.

아직까지 맞잡고 있는 손을 눈으로 확인한 백아린이 말했다.

"아, 미안해요. 손을 놓는다는 걸……."

말과 함께 백아린이 막 맞잡고 있던 손을 놓으려는 찰나였다. 천무진이 오히려 그 손을 꽉 쥐었다.

생각해 보면 지금이 기회였으니까.

천무진이 입을 열었다.

"그 전에 잠시만."

천무진이 반대편 손을 품 안에 넣었다. 그리고 이내 그는 안에 넣어 두었던 붉은 팔찌를 꺼내어 들었다.

갑작스럽게 팔찌를 꺼내어 든 천무진의 모습에 백아린이 깜짝 놀라는 그때였다.

천무진은 곧장 쥐고 있던 백아린의 손을 위로 들어 올리며 그녀의 팔목에 자신이 사 온 팔찌를 슬며시 끼워 넣었다.

스르륵.

순식간에 백아린의 팔목에 자리한 붉은 팔찌.

그녀가 놀란 눈으로 천무진을 올려다볼 때였다.

천무진이 볼을 긁적이며 말했다.

"별건 아니고 오는 길에 산 거야. 당신 가져."

"……저 주려고 사신 거예요?"

"응, 당신한테 잘 어울릴 것 같아서."

그 말을 끝으로 두 사람 사이엔 잠시 적막이 감돌았다.

그리고 그 침묵을 깬 건 천무진이었다.

"슬슬 돌아가지."

말을 마친 천무진이 백아린의 손을 받쳐 주기 위해 아직까지 쥐고 있던 손을 천천히 풀 때였다.

꼬옥.

손바닥 사이를 빠져나가던 천무진의 손을 백아린이 갑자기 움켜쥐었다.

갑작스레 자신의 손을 꽉 쥔 그녀의 모습에 천무진이 왜 그러냐고 질문을 던지려는 그 찰나였다.

백아린이 먼저 입을 열었다.

"놓지 말아요."

펑! 퍼엉!

여전히 하늘을 밝게 빛내는 불꽃들.

그리고 그 불꽃들 아래에서 백아린이 꽉 쥔 손을 놓지 않은 채로 말을 이었다.

"이렇게……걸어요."

           *   *   *

백아린은 창문을 통해 들어오는 햇살을 느끼며 정신을 차렸다. 정신이 들기 무섭게 그녀는 눈을 번쩍 뜨더니 이내 침상에서 휙 하고 소리가 날 정도로 빠르게 몸을 일으켜 세웠다.

그러고는 곧장 자신의 오른쪽 소매를 걷어붙였다.

그로 인해 옷으로 가려졌던 손목이 드러났고, 그녀의 하얗고 가느다란 손목에는 붉은색의 팔찌가 자리하고 있었다.

백아린은 자신의 손목에 걸린 팔찌를 보는 순간 실실 웃음을 흘렸다.

사실 그녀의 지금 같은 행동은 이번이 처음이 아니었다.

어젯밤 이 팔찌를 받은 이후부터 그녀는 툭하면 자신의 소매를 걷어붙이고 팔찌를 보며 실실 웃어 댔으니까.

백아린은 다리를 끌어당겨 거의 턱을 기대다시피 한 채로 손을 앞으로 쭉 뻗었다. 그 상태로 계속해서 자신의 팔목에 걸려 있는 팔찌를 보며 들뜬 마음을 감추지 못하고 있던 그때였다.

"대장, 일어나셨습니까?"

바깥에서 한천의 목소리가 들려왔고, 연신 웃고 있던 백아린이 화들짝 놀라 자세를 고쳐 잡으며 말했다.

"응, 들어와."

대답이 떨어지자 문이 열리며 한천이 방 안으로 들어섰다.

몇 장의 종이를 들고 나타난 그가 말했다.

"적화신루 쪽에서 온 정보들입니다. 확인해 보셔야 할 것 같습니다."

"그쪽 탁자에 놔 줘."

말을 끝내며 자리에서 일어난 그녀가 탁자 쪽으로 다가왔다. 미리 그곳에 가서 자리하고 있던 한천이 반대편에 걸터앉는 그녀를 향해 물었다.

"평소답지 않게 웬 늦잠이십니까?"

"내가? 지금이 언젠데?"

백아린이 의아하다는 듯 되물었다. 분명 자신은 평소와 크게 다르지 않은 시각에 일어났으니까.

그런 그녀의 질문에 한천이 곧장 답했다.

"사시(巳時)가 훌쩍 넘었습니다."

"……그럴 리가."

백아린이 놀란 듯 중얼거렸다.

그녀가 일어났던 시간은 얼추 진시(辰時:오전 7—9시) 무렵이었다. 그렇다면 벌써 일어난 지 한 시진이 훌쩍 넘을 정도로 시간이 지나갔다는 말인데…….

백아린은 소매로 감춰져 있는 자신의 오른 팔목을 내려다봤다.

자신이 일어나서 한 거라고는 이 팔찌를 보며 실실 웃어대던 것뿐이었다. 그렇다면 자신도 모르게 무려 한 시진이나 이 팔찌를 보며 웃고 있었다는 의미였다.

스스로도 기가 막혀 어이없어 하고 있는 그때.

갑자기 멍하니 있는 그녀를 향해 한천이 물었다.

"대장, 왜 그럽니까?"

"아, 별거 아냐. 그보다 종이에 적힌 내용부터 확인할게."

서둘러 말을 끝마친 백아린은 곧장 한천이 가지고 온 종이를 건네받았다. 그렇게 그녀가 종이들을 넘기며 안에 담긴 내용을 확인하던 도중이었다.

스르륵.

슬쩍 내려간 소매 사이로 보이는 붉은 팔찌.

그 팔찌를 보는 순간 한천의 눈동자가 가늘게 휘어졌다.

팔찌를 살 때 옆에 같이 있었던 한천이니, 저것이 누가 준 선물인지 모를 리가 없었다. 한천의 입꼬리가 씰룩였다.

'은근 부끄러움이 많아 보여서 혹시나 못 주면 어쩌나 했는데…… 겉보기와 달리 저돌적인 구석이 있네.'

대충 상황을 머리에 그리고 있던 그때, 백아린 또한 자신의 팔목에 걸린 팔찌를 보며 저도 모르게 슬며시 입가에 미소를 머금었다.

그리고 그 모습은 그녀의 일거수일투족을 눈에 담고 있던 한천의 눈을 피하지 못했다.

한천이 짓궂은 표정으로 입을 열었다.

"종이에 재미있는 거라도 적혀 있습니까? 갑자기 싱글벙글이시네."

다 알면서 괜히 모르는 척, 한천은 종이에 적힌 내용을 보는 시늉을 해 보였다. 그런 그의 행동에 당황한 백아린이 서둘러 종이를 덮었다.

그녀가 급히 말했다.

"그냥 다른 생각이 좀 나서."

"무슨 생각이 나셨기에 그리도 기분 좋게 웃으신대요?"

"아니, 그게 뭐."

어색하게 시선을 피하던 그녀가 서둘러 종이를 치우며 자리에서 일어났다.

백아린이 빠르게 말했다.

"오늘은 안 나가? 아직 감시 안 끝난 거 같던데."

"나가야죠. 근데 그 전에 식사는 해야 할 거 아닙니까. 이대로 나가면 하루 종일 제대로 먹기도 힘든데 말이죠."

요즘 한천은 마교에 숨어 있는 십천야들을 발본색원하기 위해 하루의 대부분을 송건웅의 뒤를 쫓는 데 썼다.

식사를 하고 간다는 말에 백아린이 고개를 끄덕였다.

"그럼 그렇게 해."

"대장은 식사 안 하시고요?"

"난 아직 입맛이 없어서."

"그래요? 지금 천 공자님과 단엽도 다 모여서 같이 식사를 하려고 했는데. 그럼 혼자 가야겠네요."

말을 마치며 한천이 자리에서 벌떡 일어날 때였다.

백아린이 자신도 모르게 서둘러 소리쳤다.

"나도 갈게!"

그녀는 스스로 말을 하고도 당황스러웠는지 눈을 크게 치켜뜬 채로 자신의 입을 손으로 가리고 있었다.

그런 백아린을 향해 한천이 물었다.

"입맛이 없으시다면서요?"

"……그렇긴 한데 그래도 어차피 먹어야 할 거 남들 먹을 때 같이 먹는 게 낫지."

"그러시다면야 뭐."

히죽 웃어 보인 한천이 어깨를 으쓱했다.

방의 입구로 다가간 그가 문을 열고는 옆으로 비켜섰다. 그런 그의 앞을 붉어진 얼굴의 백아린이 빠르게 스쳐 지나갔다.

서둘러 아래로 내려서는 그녀의 뒷모습을 보며 한천은 픽 웃었다.

'저리도 거짓말을 못 하면서 어찌 적화신루를 이끄시는 건지.'

너무 티가 나는 백아린의 행동에 절로 웃음이 나왔다. 속아 주려고 해도 너무나 뻔히 보이는 속내, 그렇지만 한천은 여전히 시치미를 뚝 뗀 채로 그녀의 뒤를 따랐다.

그가 백아린의 뒷모습을 보며 중얼거렸다.

"속아 주기가 더 힘드니 원."

"뭐라고?"

"아뇨, 별거 아닙니다."

한천이 서둘러 손사래를 치며 웃어 보였고, 그런 그를 백아린이 의심스럽다는 듯 잠시 흘겨봤다. 하지만 이내 별달리 할 말이 없었는지 곧장 자신들이 기거하는 거처인 이곳 귀림원에 마련된 식당으로 움직였다.

귀빈들만 모시는 귀림원답게 공간들은 꽤나 세분화되어 있었는데 식당 역시 따로 마련되어 있었다.

많은 숫자의 인원들까지 수용할 수 있을 정도로 커다란 식당.

하지만 그곳에는 천무진과 단엽 단 두 사람만이 자리하고 있었다.

식당에 백아린과 한천이 들어서자 단엽이 말을 건넸다.

"뭐야, 식사들 하려고?"

"그래야지. 요새 바빠서 밥 챙겨 먹을 시간도 없다니까."

"하하! 불쌍하네. 난 한가한데."

좋다는 듯 웃으며 내뱉는 단엽의 말에 한천은 분하다는 표정을 지어 보였다. 최근 들어 단엽은 더욱 무공에 열중하고 있었다.

얼마 전 있었던 십천야의 일원인 양사창과의 대결.

그 대결이 단엽의 투지를 다시금 끓어오르게 만든 모양이다. 그리고 그런 단엽의 상대가 되어 주는 건 대부분이 천무진이었다.

이미 지금도 두 사람은 연무장에서 한바탕 움직이고 온 상황이었다.

아침부터 계속 날뛴 탓에 개운하다는 표정을 한 단엽의 옆자리에 있던 천무진은 조심스레 식당 안으로 들어선 백아린을 응시하고 있었다.

잠시 머뭇거리던 그가 입을 열었다.

"왔어?"

천무진의 말에 고개를 끄덕인 그녀가 슬그머니 그의 옆자리에 가서 착석했다. 그리고 자연스레 그 맞은편에는 한천이 앉았다.

백아린이 슬쩍 몸을 옆으로 틀어 천무진에게 말을 걸었다.

"……잘 잤어요?"

"응, 당신은?"

"저도 잘 잤죠."

평범한 대화를 주고받는 두 사람.

그렇지만 팔짱을 낀 채로 그런 둘의 대화를 바라보고 있는 한천의 눈에는 마냥 평범하게 보이지는 않았다.

둘 사이에 흐르는 뭔가 묘한 분위기.

그게 무엇인지 확실하게 말할 순 없었지만 둘 사이의 뭔가가 달라진 느낌이었다.

'선물을 주면서 무슨 일이 있었나?'

미치도록 궁금했지만, 지금으로선 알 방도가 없었다. 지금 한천이 할 수 있는 건 그저 조금 더 시간을 두며 옆에서 지켜보는 것뿐이었다.

네 사람이 마주한 탁자 위로 얼마 시간이 지나지 않아 음식들이 채워지기 시작했다.

그렇게 시작된 식사.

네 명이 두런두런 이야기를 나누며 식사를 끝마쳐 갈 무렵이었다.

바깥에서 인기척이 들려왔다.

그러고는 이내 이곳 귀림원의 잡일을 해 주는 인물 하나가 식당 안으로 조심스레 걸어 들어왔다. 그는 곧장 백아린에게 다가왔다.

그의 손에는 서찰 한 장이 들려 있었다.

사내가 말했다.

"전갈이랍니다."

"아, 고마워요."

백아린은 자신에게 전해 준 서찰을 받아 들었다.

그녀는 굳이 서찰을 펼치지 않고도 사용하는 종이나, 바깥에 새겨져 있는 무늬만으로 이것이 적화신루 쪽에서 온 거라는 걸 단번에 알아차렸다.

그랬기에 의아했다.

한천이 자신에게 가져다준 종이들. 그것들 또한 적화신루에서 보내온 것이었다. 그런데 그 종이들을 확인한 지 얼마 되지 않아 갑자기 날아든 이 서찰 한 장.

어지간한 안건이 아니었다면 이리 급하게 연락을 취해 올 리가 없었다.

그리고 그건 곧 예상치 못한 일이 벌어졌다는 걸 의미했다.

이 서찰이 중요한 것이라는 걸 알아차린 건 한천 또한 마찬가지였다.

백아린은 서둘러 서찰을 펼쳤고, 이내 안의 내용을 확인하고는 미간을 찌푸렸다. 계속해서 백아린의 눈치를 살피던 한천이 기다렸다는 듯 물었다.

"무슨 일입니까?"

"……모르겠어."

"모르겠다니요?"

한천이 이해가 안 간다는 듯 물었다.

이미 서찰을 본 그녀다. 그런데 무슨 일인지 모르겠다니?

물어 오는 한천의 질문에 백아린의 시선이 천무진에게로 향했다. 뭔가 일이 벌어졌음을 직감하고 백아린의 말을 기다리던 천무진은 자신을 향한 그녀의 눈빛을 마주했다.

그녀가 말했다.

"이 서찰 적화신루에서 온 거예요. 그런데 이상하네요."

"뭐가 이상한데?"

"와 달래요. 당신만 데리고."

"뭔가 알아낸 게 있는 거 아냐?"

적화신루 쪽에서의 호출은 자주 있었던 일이다. 그랬기에 크게 이상한 점은 없어 보였지만, 백아린의 생각은 달랐다.

그녀가 작게 고개를 저으며 답했다.

"말대로 우리 둘을 부르는 건 종종 있었던 일이죠. 그런데…… 이유가 없어요."

"이유가 없다고?"

"네, 서찰로 전하기 어려운 일이더라도 매번 뭐 때문인지 어느 정도 언질 정도는 있어 왔거든요. 근데 이번엔 그냥 아무것도 없어요."

말과 함께 보라는 듯 들어 올린 서찰의 내용.

정말 그 안에는 천무진을 데리고 적화신루의 거점으로 와 달라는 것이 내용의 전부였다.

이해할 수 없는 서찰.

만약 이곳이 다른 장소였다면 십천야 쪽에서 뭔가 함정을 판 게 아닐까 생각했을지도 모른다.

하지만 여기는 마교다.

그리고 적화신루의 거점 또한 마교 외성에 위치하고 있다.

소란 없이 죽이지 못한다면 빠른 시간 내에 마교 안쪽으로 상황이 알려진다는 의미다.

그리고 아쉽게도…… 천무진과 백아린은 제아무리 십천야라 할지언정 쉽사리 죽일 수 있는 자들이 아니었다.

아무리 대규모의 병력을 끌고 온다 한들 소란 없이 처리하는 건 불가능했다. 거기다가 이 서찰에는 자신들끼리 정해 놓은 비밀스러운 장치 또한 되어 있었다.

결코 외부의 누군가가 함정을 위해 보내온 서찰이 아니라는 의미였다.

여전히 천무진과 시선을 마주하고 있던 백아린이 물었다.

"어떻게 할래요?"

"……당신네 호출 아닌가?"

"네, 적어도 제가 보기엔 함정은 아니에요."

"그럼 고민할 것도 없잖아?"

천무진이 자리에서 일어났다.

설령 함정이라고 할지라도 십천야가 걸어오는 싸움이라면 받아 주고 싶은 심정이다. 그런데 백아린의 확신대로 적화신루에서 보내온 연락이 맞는다면 더더욱 피할 이유가 없었다.

천무진의 확신 어린 말에 백아린 또한 동감한다는 듯 고개를 끄덕이며 일어섰다.

"좋아요, 가죠."

"그럼 우리 둘은 어떻게 할까요, 대장?"

한천이 급히 자신과 단엽을 가리키며 물었다.

굳이 콕 집어서 천무진만 데리고 와 달라고 했다. 그랬기에 무작정 따라나서기에는 다소 신경이 쓰였다.

백아린이 빠르게 명령을 내렸다.

"무슨 일인지 모르겠지만 우선 나와 천 공자님만 불렀으니 둘이 가 보도록 할게. 대신 혹시 뭔가 벌어질 수도 있으니 둘은 인근에서 대기하고 있어. 소란이 일어나거나 뭔가 의심스러운 모습들이 보이면 그때 움직이고."

"알겠습니다."

한천이 고개를 끄덕였다.

*   *   *

네 사람은 곧장 적화신루의 거점이 있는 마교 외성을 향해 움직였다.

정체 모를 급한 호출.

그것이 뭔지는 알 수 없었지만, 백아린은 우선 서찰의 내용대로 행동했다.

천무진과 단둘이서만 적화신루의 거점으로 들어섰고, 그

외에 단엽과 한천은 이곳에서 다소 떨어진 곳에 몸을 감춘 채로 만약의 사태에 대비하고 있었다.

적화신루의 거점 안으로 들어서자 곧 익숙한 얼굴이 모습을 드러냈다.

이곳 거점을 책임지는 사내였다.

그가 서둘러 백아린에게로 달려왔다.

"오셨습니까, 사총관님."

포권을 취하며 사내가 인사를 건넬 때였다. 백아린이 손에 들린 서찰을 들이밀며 물었다.

"이런 서찰이 날아왔는데 적화신루 쪽 연락 맞아요?"

"네, 맞습니다."

서찰을 바라보며 그가 끄덕일 때였다.

백아린이 연달아 질문을 던졌다.

"대체 무슨 일인데 이런 서찰을 보낸 거죠? 평소랑 많이 다른 것 같은데……."

"그것이 급히 두 분을 뵙고 싶다는 분이 계셔서요."

대답을 들은 백아린이 표정을 확 구겼다.

그 손님이 누군지는 모르겠지만 그런 것이라면 적어도 서찰에 짧게나마 언급을 했어야 옳다는 생각이 들어서였다.

정말 다급한 정보고 양이 많아서 정리를 하기 어려워 이런 서찰을 보냈다고 하면 이해를 했겠지만, 누군가가 만나기를 청한다는 것 정도는 너무도 간단한 내용이지 않은가.

이 정도를 서찰에 적지 않고 자신에게 보내온 것에 대해 백아린은 당황을 금하기 어려웠다.

그녀가 입을 열었다.

"지부장님, 당황스럽네요. 그 같은 연락이라면 미리 만나고자 연락을 취해 온 쪽에 대한 언질이라도 주셔야……."

그 순간.

"내 부탁이었으니 너무 노여워 말게."

들려오는 나지막한 목소리.

그 목소리는 어둠 속에서 들려왔고, 상대의 모습은 아직 눈에 보이지도 않았다. 그럼에도 불구하고 백아린은 움찔할 수밖에 없었다.

가볍게 울리는 목소리에서 느껴지는 강인함.

동시에 주변으로 은은하게 퍼져 나가는 정체 모를 그 누군가의 기운까지.

백아린은 당황했다.

'……누구지 이건?'

이건 보통 무인이 뿜어낼 수 있는 수준의 기운이 아니었다. 백아린은 서둘러 옆쪽으로 고개를 돌렸고, 그리고 그건 옆에 자리하고 있던 천무진도 마찬가지였다.

허나 천무진의 얼굴에 드러난 놀람은 백아린과는 다소 달라 보였다.

'이 목소리는……!'

천무진이 놀란 듯 눈을 부릅뜨는 그 순간 어둠 속에서 한 명의 인물이 모습을 드러냈다.

상대는 노인이었다.

하지만 노인이라고는 믿기지 않을 정도로 두 눈에는 생기가 넘쳤고, 몸 또한 어떤 젊은이들과 비교해도 모자라지 않을 정도로 건장해 보였다.

한눈에 봐도 너무나 특별한 인물.

그런데 백아린은 그가 누군지 알 수가 없었다.

어지간한 무림 명숙이라면 외향을 보는 것만으로 그 정체를 알아차렸을 그녀. 거기다 저 정도로 특별한 기운을 풍겨 대는 인물이라면 더더욱 알았어야 했다.

백아린이 조심스레 입을 열었다.

"어르신은 누구……."

그때였다.

옆에 자리하고 있던 천무진의 입이 열렸다.

"……사부."

천무진의 그 한마디에 백아린은 놀란 듯 눈을 치켜떴다.

상대가 누군지 알아 버려서다.

천운백.

천룡성의 진짜 주인인 그가 나타났다.

4장. 진실의 조각들
— 어떻게 아는 거지

　천무진은 지금 이 상황이 마치 꿈처럼 느껴졌다.

　그토록 기다렸던 사부인 천운백이 스스로 이곳에 모습을 드러냈기 때문이다.

　천운백을 바라보는 천무진의 눈동자가 가볍게 떨렸다.

　자신을 향해 따뜻한 미소를 지어 보이는 저 얼굴을 보고 있노라니 가슴속에서 수많은 감정들이 뒤엉켜 올라왔다.

　사실 지금 삶만 놓고 본다면 사부인 천운백과 만나지 못한 건 고작 일 년 남짓의 시간이었다. 물론 그 일 년이라는 시간 또한 짧다고만 할 순 없었지만, 실제로 그와 마주한 건 천무진의 입장에서는 무려 십여 년 만의 일이었다.

사부가 죽었다는 소식을 듣고 조종을 당하는 와중에도 눈물을 쏟아 냈을 정도로 충격을 받았던 천무진이다. 그만큼 사부는 천무진에게 특별한 사람이었고, 언제나 마음 한편에 자리하고 있던 그리운 이였다.

평생 다시는 볼 수 없을 거라 여겼던 사람.

천무진에겐 아버지였고, 하나뿐인 가족이었던 사람.

멍하니 서서 자신을 바라보는 천무진을 향해 천운백이 웃으며 말했다.

"뭘 그리 멍하니 있는 게냐. 안 보는 동안 많이 컸구나."

"……성장이 멈춘 게 언젠데 그런 소립니까."

"하하, 그런가?"

특유의 장난기 가득한 말투에 천무진은 괜히 퉁명스레 말을 내뱉었다. 십여 년 만의 만남, 하지만 천운백은 천무진의 기억 그대로였다.

모습에서부터 말투까지 모든 것 하나하나가.

그 순간 가만히 서 있는 천무진을 향해 천운백이 다가왔다. 그가 손을 내밀어 천무진의 어깨에 올렸다.

그렇게 서로가 시선을 마주하고 있는 상황에서 천운백이 말을 내뱉었다.

"말대로 성장이 멈춘 게 한참 전일 터인데…… 왜인지 많이 자란 느낌이구나."

뭔가 알 수 없는 의미심장한 한마디를 던진 천운백은 그저 마주한 채로 웃고만 있었다. 그리고 그 옆에 자리하고 있는 백아린은 그런 그들을 말없이 바라보고 있었다.

천무진을 처음 봤을 때도 무척이나 놀랐지만, 이번 또한 크게 다르지 않았다.

'이분이 천룡성의 주인…….'

천룡성의 주인이 뜻하는 바는 언제나 하나였다.

세상에서 가장 강한 무인.

많은 사람들이 천하제일인에 대해 이야기하곤 한다. 허나 그렇게 천하제일인에 관련하여 논할 때는 언제나 하나의 전제 조건이 붙는다.

천룡성의 무인을 제외하고.

그들이 포함된다면 애초에 천하제일인에 대한 논란 자체가 사라질 테니까. 그만큼 천룡성의 무인들은 압도적으로 강했다.

그런 천룡성의 진정한 주인인 천운백.

한마디로 지금 무림에서 가장 강한 사내라고 할 수 있었다.

백아린이 놀란 얼굴로 천운백을 바라보는 사이.

천무진이 슬쩍 주변을 둘러봤다.

사실 천운백과 하고 싶은 이야기가 무척이나 많았다. 그렇지만 이곳은 듣는 귀가 너무 많았다.

천무진이 옆에 있는 백아린에게 말을 걸었다.

"백아린, 하나 부탁이 있는데."

"지금요?"

"응, 사부하고 이야기를 하고 싶은데…… 주변 사람들을 모두 물러나게 해 줄 수 있겠어?"

천무진의 부탁에 백아린은 곧장 고개를 끄덕였다.

그녀가 답했다.

"반경 삼십여 장 이내에 아무도 들어오지 못하도록 할게요. 아군이든 적군이든 모두요."

"고마워."

"천만에요."

백아린은 천무진의 비밀을 모두 알고 있었다. 그랬기에 그의 이야기가 새어 나가서는 안 된다는 것도 잘 알았다.

그런 그녀였기에 천무진의 부탁을 듣자마자 곧바로 그에 맞는 대응책을 내놓은 것이다.

말을 끝낸 백아린은 곧장 옆에 자리하고 있는 이곳의 지부장에게 가볍게 눈짓을 했다. 서둘러 수하들을 이동시키라는 무언의 명령이었다.

그리고 그 눈짓의 의미를 알아차렸는지 적화신루의 지부장은 급히 바깥으로 나갔다. 근처에 있는 수하들을 외부로 이동시키기 위해서였다.

그렇게 지부장이 나가자 백아린이 천운백을 향해 포권을 취하며 인사를 건넸다.

"인사가 늦었습니다. 적화신루 사총관 백아린입니다. 이렇게 뵙게 되어 영광이에요."

"허허, 나도 반갑네. 아, 그리고 아까도 말했지만, 이곳의 지부장을 너무 나무라지 말게나. 그도 내 부탁이니 어쩔 수 없이 그렇게 서찰을 보낼 수밖에 없었을 테니 말이야. 내가 이곳 인근에 온 것이 새어 나가는 일은 원치 않거든."

서찰에 급한 호출을 한 연유를 적지 않았던 부분을 재차 언급하며 천운백은 백아린에게 상황을 설명했다. 그러자 그녀가 고개를 끄덕였다.

"네, 이유가 있으시겠지요. 저도 그렇게 알고 넘어갈 생각입니다."

"그리 받아들여 주니 고맙군그래."

"아니에요. 그럼 저도 이만 물러나도록 하죠. 두 분이서 대화 나누세요."

말을 끝낸 백아린은 슬쩍 천무진에게 시선을 돌렸다. 그러고는 이내 시선을 마주친 두 사람은 짧게 고개를 끄덕였다.

눈빛을 주고받는 두 사람의 모습을 확인한 천운백이 뜻 모를 미소를 입가에 지었다.

그 말을 끝으로 백아린은 더 어떤 말도 하지 않고 몸을 돌렸고, 그대로 장소를 빠져나갔다. 순간적으로 인근에 있는 인기척들이 빠르게 바깥쪽으로 움직였다.

그리고 이내 인근에서 모든 기척이 사라진 직후였다.

"하고 싶은 말이 많은 모양이구나."

자신을 향한 천무진의 강렬한 시선에서 그런 생각을 읽어 냈는지 천운백이 먼저 말을 꺼냈다.

그를 향해 천무진이 불만스러운 어투로 답했다.

"연락을 취하고 싶어서 곳곳에 흔적을 남겨 뒀는데 왜 이제야 오신 겁니까? 설마 그걸 못 보셨을 리도 없고, 설령 그렇다고 해도 제가 그렇게 무림에서 날뛰었는데 소식은 들으셨을 거 아닙니까?"

"허어. 처음부터 대답하기 어려운 질문이구나. 그럼 대답하기에 앞서 우선……."

슬며시 말꼬리를 흐리던 천운백의 시선이 뒤편에 있는 장소로 향했다. 그곳에는 탁자와 의자가 자리하고 있었다.

천운백이 그쪽을 가리키며 말을 이었다.

"이야기는 우선 앉은 다음에 하자꾸나. 워낙 긴 여정을 다녀오느라 삭신이 쑤셔서."

말과 함께 자신의 무릎을 손으로 두드려 대는 천운백의 모습에 천무진은 고개를 끄덕였다.

그렇게 두 사람은 안쪽에 자리한 곳에 마주 앉았다.

자리에 앉기 무섭게 천무진이 재차 말했다.

"제가 사부님을 찾는 걸 모르셨습니까?"

"그럴 리가. 그렇게 화려하게 곳곳에 족적을 남기고 있으니 못 보려고 해도 그럴 수가 없겠더구나."

"그런데 왜……."

"그럴 이유가 있었다."

"이유요?"

"그래. 하지만 아직은 그 질문에 대한 대답을 해 주기 조금 어렵겠구나. 조금만 기다려다오. 때가 되면 내가 말을 해 주거나, 아니면 스스로 알게 될 테니까."

결국 천운백은 천무진의 질문에 답을 하지 않았다.

애매모호한 말로 답변을 돌리는 그의 모습을 천무진은 쉬이 이해하기 어려웠다.

하지만 자신에게 벌어진 일들과 직접적인 연관이 있는 질문은 아니었기에 추후로 대답을 미루고자 하는 천운백의 의사를 받아들였다.

천무진은 잠시 숨을 다듬었다.

지금부터 시작할 이야기들.

이게 정말로 천무진에게 중요한 것들이었다.

천무진이 진지한 목소리로 입을 열었다.

"사부님한테 드릴 말씀이 하나 있습니다. 이걸 어떻게 받아들이실지 모르겠지만 사실 전…… 한 번 죽었습니다."

"……그래?"

천무진의 이야기는 누가 들어도 충격적일 말이었다. 하지만 그런 말을 꺼냈음에도 불구하고 너무도 담담해 보이는 천운백의 모습.

그걸 보며 천무진은 알 수 있었다.

또 한 번 얻게 된 이번 삶, 그것은 그저 우연이 아니었다는 것을. 그리고 이건 천무진 또한 어느 정도 예상하고 있던 일이기도 했다.

십천야 쪽에서도 알고 있는 사실이었기에 어렴풋이 짐작할 수 있었던 것이다.

천무진이 말했다.

"놀라지 않으시는군요."

"그럴 수밖에. 두 번을 살아가는 건 다름 아닌 우리 천룡성의 힘이니까."

"……역시군요."

천운백이 정확한 상황을 이야기해 주려는 듯 설명을 시작했다.

"우리에게는 두 개의 생명이 있다. 처음의 것이 바로 우리 본연의 목숨, 그리고 두 번째가 바로 천룡의 삶이다. 그러니 지금 네가 살아가는 이 삶은 바로 천룡의 삶인 게지."

천무진이 다시금 과거로 돌아올 수 있었던 것.

그것은 모두 천룡성이 지닌 힘 덕분이었다.

그제야 천무진은 자신이 어떻게 과거로 돌아올 수 있었는지 알 수 있었다. 돌아온 이후 이런 일이 벌어진 것에 대해 계속해서 궁금증을 가져 왔다.

그리고 자신이 과거로 돌아온 사실을 십천야가 안다는 것에도 의문을 지녔었다. 허나 이제는 그 의문에 대한 답을 알 수 있었다.

물론 그럼에도 불구하고 의문은 완벽하게 풀리지 않았다. 천룡성 무인이었던 자신조차 몰랐던 일이다.

그걸 대체 어떻게 십천야 쪽에서 알고 있었던 것일까?

천무진이 곧장 말했다.

"그럼 제가 지금 누구랑 싸우는지도 아십니까?"

"십천야겠지."

"……대체 사부가 모르는 게 뭡니까? 그들에 대해 뭐 아시는 건 없습니까?"

"아쉽게도 그들에 대해서는 아마 나보다 네가 더 잘 아는 것 같은데. 십천야에 속한 이들 중 제법 많은 자들을 만나 본 걸로 알고 있거든."

천운백은 특별히 아는 게 없다는 듯 간단하게 물음에 답했다.

천무진은 그 외에도 묻고 싶은 것이 몇 개 더 남아 있었다.

그랬기에 서둘러 말을 이어 가려고 할 때였다.

천운백이 손을 들어 올리며 말했다.

"네 얼굴을 보아하니 내게 할 이야기가 꽤나 남은 것 같지만 오늘은 여기까지 해야겠구나. 이곳에 온 김에 해야 할 일들이 조금 있어서 말이야."

사실 천운백은 이곳에 오자마자 해결해야 할 몇몇 일들이 있었다.

그렇지만 오랜 시간 만나지 못했던 천무진을 보고 싶었고, 그랬기에 없는 시간을 쪼개 이토록 적화신루를 통해 만남을 주선했던 것이다.

덕분에 이렇게 만나긴 했지만 아쉽게도 오늘은 주어진 시간이 그리 길지 않았다.

만난 지 얼마 되지도 않았는데 벌써 자리를 뜨려는 천운백의 모습에 천무진은 아쉬운 표정을 지어 보였다.

그러고는 혹시 천운백이 이대로 멀리 떠나지는 않을까 걱정이 됐는지 서둘러 말을 이었다.

"현재 저와 제 동료들은 마교 내에 있는 귀림원이라는

곳에 머물고 있습니다. 사부님도 그곳에서 같이 지내시면……."

"그러긴 어려울 것 같구나. 내성으로 들어간다면 내 존재가 드러날 테니까. 내가 너와 만났다는 사실이 십천야의 귀에 들어가지 않길 바라고 있거든."

뭔가 생각이 있어 보이는 표정으로 천운백은 자신의 생각을 밝혔다.

적화신루를 통해 이토록 은밀하게 만난 것도, 마교 내성에 들어가지 않으려는 판단도 모든 게 십천야와 관련되어 있었다.

천무진이 물었다.

"설마 이렇게 또 떠나실 생각은 아니시죠? 아직 하고 싶은 이야기가 많이 남았는데 이대로 가시면 안 됩니다."

"허허, 녀석도. 걱정하지 말거라. 네 옆을 떠날 생각은 없으니. 난 의선에게 연락을 넣고, 그가 있는 곳에서 비밀리에 지낼 생각이다. 거리도 가까우니 나중에 둘의 시간이 맞을 때 다시 보면 될 일. 남은 이야기는 그때 풀자꾸나."

말을 끝낸 천운백은 자리에서 일어났다.

몸을 일으켜 세운 그가 여전히 앉은 채로 자신을 올려다보는 천무진을 잠시 바라보다 이내 그의 허리춤으로 시선을 돌렸다.

그러고는 웃는 얼굴로 말했다.

"네 허리에 있는 그 검이 천인혼이더냐? 소문으로만 들었던 무기인데 과연 칠신기라는 위명에 어울리는 물건이구나."

"탐내도 안 드립니다."

"쯧, 누굴 제자의 물건이나 노리는 파렴치한으로 보는 게냐. 하여튼 인정머리하고는. 네 녀석은 어찌 어릴 때부터 변한 게 없느냐. 애교라고는 없는 녀석 같으니라고."

"칭찬으로 듣죠."

"허어, 못 보는 사이에 뻔뻔함도 많이 늘었구나."

"주변에 그런 녀석들이 좀 있어서요. 보고 배우는 게 그런 것밖에 없군요."

단엽과 한천을 떠올리며 천무진이 대꾸했다.

그런 그의 장난 섞인 모습을 바라보던 천운백이 막 자리를 뜨려던 움직임을 멈췄다.

그러고는 천천히 입을 열었다.

"하나 묻고 싶은 게 있는데."

"……?"

"죽기 전 네 삶은 어떠했느냐."

생각지도 못한 질문에 잠시 멈칫한 천무진이 이내 짧게 자신의 이전 삶을 표현했다.

"지옥이었죠."

그들의 허수아비가 되어 시키는 것은 뭐든 했던 인생이다. 그러다가 결국 마지막에는 비참한 죽음까지 맞이했다.

최악이라는 말밖에 나오지 않는 인생이었다.

그때 천운백이 다시금 질문을 던졌다.

"……그럼 지금은? 지금은 어떠하냐?"

질문의 의도를 알 수 없었지만 천무진은 솔직히 답했다.

"썩 나쁘지 않습니다. 그런데 이건 왜 묻는 겁니까?"

"그냥 궁금해서. 새로운 네 삶이 어떤지가 말이야."

말과 함께 천운백은 손을 뻗어 천무진의 어깨를 두드렸다.

그리고는 이내 어린아이를 대하듯 장난스럽게 말했다.

"며칠 동안 이 사부가 보고 싶어도 꾹 참거라. 곧 널 만나러 달려갈 테니."

"이번에도 사라지시면 어떻게든 찾아낼 겁니다."

"쉽지 않을 텐데?"

"마음먹으면 못 할 것도 없죠. 믿을 만한 정보통이 생겼으니까요."

"후후, 아까 그 여인을 말하는 게로구나."

자신을 적화신루의 사총관이라고 소개했던 백아린을 떠

올리며 천운백은 나지막한 웃음을 흘렸다.

천무진의 어깨에 올렸던 손을 뗀 천운백이 천천히 말을 이었다.

"그럼 며칠 후에 보자꾸나."

이대로 보내고 싶지는 않았지만 천무진은 고개를 끄덕였다.

적어도 자신이 아는 천운백은 거짓말을 하는 이가 아니었다. 며칠 후에 보자고 했으니, 어떻게든 그 약속을 지키기 위해 찾아올 것이다.

너무도 갑작스러운 만남이었기 때문일까, 생각을 제대로 정리하지 못한 탓에 묻지 못한 질문들이 많았다.

허나 이제 며칠이라는 시간이 생겼으니, 그동안 천천히 생각을 정리할 계획이었다.

그렇게 천무진을 뒤로 둔 채로 나온 천운백은 곧장 적화신루의 거점을 빠져나오기 위해 걸음을 옮겼다.

빠르게 움직이던 천운백의 시야에 입구 쪽에 자리하고 있던 백아린이 들어왔다.

그녀 또한 다가오는 천운백을 발견하고는 그를 향해 다가갔다.

"벌써 이야기가 끝나셨어요?"

"오늘은 일이 있어서 말일세. 간단한 인사만 나눴고, 자세한 이야기는 며칠 후에 다시 하기로 하고 오늘은 이만 물러갈 생각이네."

"아…… 그럼 숙소는 어찌할 생각이신지요?"

"내 제자 녀석한테도 말했지만, 의선에게 신세 질 생각이니 신경 쓸 필요 없네."

"알겠습니다. 그럼 그렇게 알고 있을게요."

말을 끝마치고 포권을 취해 보이는 그녀를 물끄러미 바라보던 천운백이 천천히 입을 열었다.

"멀리서 자네의 활약을 잘 지켜봤네. 대단한 활약이더군."

"과찬이세요."

"과찬은 무슨. 그럼 나중에 봄세."

말을 끝내고 옆에 서 있는 그녀를 스쳐 지나가던 천운백이 작은 목소리로 말했다.

"내 제자를 구해 줘서 고맙네."

"……!"

그 한마디에 백아린은 움찔할 수밖에 없었다.

말을 끝마치고는 순식간에 사라진 천운백이라는 존재. 그렇지만 그가 사라진 방향을 바라보는 백아린의 표정은 심각했다.

그녀가 이해가 안 간다는 듯 중얼거렸다.

"설마 그 일을······?"

천무진을 구해 줬다고 한다면 적련화에게 조종당하기 시작한 그 상황을 막아 준 걸 뜻하는 게 분명했다.

하지만 그 일을 아는 이는 극소수였다.

백아린이 아는 한도 내에서 적련화와 관련된 사건에 대해 아는 이는 자신과 한천, 단엽 이렇게 셋뿐이었다.

물론 일을 벌인 십천야 쪽까지 포함하면 아는 이들이 더 있겠지만 말이다.

허나 분명한 건 이 일은 적화신루에도 알리지 않은 부분이라는 것이었는데······.

방금 전 천무진과 짧지만 대화를 나눴고, 그때 이번 일에 대해 전해 들었던 것일지도 모른다. 하지만 지금 천운백의 말투는 방금 막 전해 들은 이야기에 대한 감사를 표하는 느낌이 아니었다.

정황상 이건 백아린 혼자만의 과한 억측일 수도 있었다.

하지만 그녀는 자신의 생각이 맞을 확률 또한 배제하지 않았다.

정말 자신의 예상이 맞는다면······.

그녀가 믿기지 않는다는 듯 중얼거렸다.

"······어떻게 아는 거지?"

*　　　*　　　*

해가 지고도 한참의 시간이 지났을 무렵.

이미 시각은 인시(寅時: 오전 3—5시)를 향해 가고 있었다. 꽤나 늦은 때였지만 그제야 하루의 일을 끝마친 의선은 자신의 거처로 걸어가고 있었다.

오늘도 하루 종일 천무진에게 부탁받은 해독약을 만들기 위해 사력을 다한 탓인지 눈꺼풀은 당장에 떨어져도 이상할 것 없을 정도로 무거웠다.

자신의 거처로 들어선 그가 예전과는 다르게 침침한 눈을 비비며 중얼거렸다.

"이거야 원. 나이를 먹으니 몸이 예전 같지 않군그래."

예전에는 며칠 밤을 새워도 끄떡없었거늘 세월이라는 것 앞에는 장사가 없는지 이제는 조금만 무리를 해도 곧장 몸에서 신호를 보내왔다.

탁자 위에 놓여 있던 찻잔에 막 찻물을 채우는 그때였다.

"혼자만 마시지 말고 나도 한 잔 주게나, 진균."

기척도 없이 곧바로 들려오는 목소리에 의선은 화들짝 놀랐다.

하지만 진균이라는 본명을 듣는 순간 이 목소리의 주인이 누군지 알 수 있었다.

천운백, 바로 그였다.

의선은 슬쩍 시선을 돌려 목소리가 들려온 쪽을 바라봤고, 그곳엔 언제부터 있었는지 모를 천운백이 의자에 걸터앉은 채로 자신을 바라보고 있었다.

천운백을 확인한 의선이 가슴을 쓸어내리며 말했다.

"계시면 기척이라도 내시지 그러십니까. 방심하고 있다가 간 떨어지는 줄 알았잖습니까."

"언제나 긴장하고 있어야지 방심하고 있으면 어쩌는가. 하여튼 나도 차나 한잔 주게."

손사래를 치며 말하는 천운백의 모습에 결국 의선은 찻잔을 하나 더 꺼내서 그 안에 찻물을 채웠다. 그리고 이내 찻잔을 올려 둔 탁자로 천운백이 빠르게 다가왔다.

그가 찻잔을 코에 가져다 댄 채로 향을 음미했다.

"흐음, 좋은 향이로군."

"그런데 대체 언제 오신 겁니까? 연락도 없이 오셔서 깜짝 놀랐습니다."

의자에 앉으며 의선이 물었다.

그러자 반대편에 있는 의자에 자리를 잡으며 천운백이 짧게 답했다.

"오늘 오전쯤 온 것 같은데?"

"그런데 지금 오신 겁니까?"

"일이 좀 많았네. 오랜만에 제자 녀석 얼굴도 보고, 마교까지 온 김에 처리해야 할 일들도 있었고."

"천 공자님을 뵌 겁니까?"

"그러네. 헤어지고 그리 오랜 시간이 지난 것도 아닌데 완전 어른이 되어 있더라니까. 이제 다 커서 내가 뭘 더 해 줄 필요도 없을 지경이야."

차를 마시며 슬쩍 웃어 보이는 천운백의 모습을 조용히 바라보던 의선이 이내 조심스레 물었다.

"천 공자님께는 어디까지 말씀해 주신 겁니까?"

"……아주 조금?"

"아직도요?"

"어쩔 수 없었어. 아직 때가 되지 않았잖은가."

"그건 그렇지만……."

뭔가가 신경 쓰인다는 듯 의선이 중얼거렸다.

허나 그 또한 천운백의 생각에 반대하는 건 아니었다. 의미를 알 수 없는 대화들을 나누고 있는 두 사람, 그 둘은 뭔가를 감추고 있는 듯했다.

천운백이 물었다.

"해독약은 어찌 되어 가는가?"

"일전에 연락드렸던 것처럼 꽤나 큰 진척이 있긴 했지만, 아직 완성되지는 않았습니다. 만약 지금 생각이 맞는다면 조만간 좋은 결과가 나올 거고, 헛짚은 거라면…… 뭐 어쩌겠습니까. 처음부터 다시 해야죠."

"자네가 고생이 많아."

"이게 다 누구 때문이죠."

눈을 흘기며 말하는 의선의 모습에 천운백은 손가락으로 스스로를 가리키며 물었다.

"허허, 설마 내 이야긴가?"

"그럼 다른 분이겠습니까? 숨어서 잘 살고 있는 제 정보를 일부러 흘려서 천 공자님을 만나게 만드신 분이 지금 눈앞에 계신 천 대협이신걸요."

"거 너무 원망은 말게. 그래도 좋은 일을 하고 있잖은가."

"그렇긴 합니다만 뭔가 천 대협의 술수에 놀아난 것 같아 억울한 건 사실이지요."

"내 나중에 술 한번 사겠네."

"값싼 화주로 퉁 치시는 건 어려울 것 같습니다만."

"예끼, 이 사람아. 지금 자네가 하는 일이 얼마나 큰데 겨우 화주로 때우겠는가. 내 이번 일이 끝나면 근사하게 대접하겠네."

걱정 말라는 듯 호언장담하는 천운백.

그런 그의 말에 의선이 답했다.

"뭐 그렇게까지 말씀해 주신다니 이번엔 믿어 보지요. 그러니까 천 대협…… 모든 일이 끝나면 술을 사시겠다는 약속 반드시 지키셔야 합니다. 값싼 화주라도 좋으니 꼭입니다."

처음엔 장난스럽게 시작했던 말. 그렇지만 말이 길어지면서 점점 의선의 말투에서는 장난기가 사라져 갔다.

진지한 눈빛으로 자신을 바라보는 의선의 모습에 천운백은 고개를 끄덕였다.

"……약속 지키지."

"믿겠습니다."

진지한 얼굴이었던 의선이 이내 표정을 풀었다.

그렇게 잠시 차를 마시던 도중 퍼뜩 생각난 듯 천운백이 말했다.

"아, 그리고 여기에 내가 머물 곳 좀 만들어 주게."

"여기서 지내실 생각입니까?"

"허허, 그럼 지기인 자네가 여기에 있는데 내가 어디서 지내겠는가."

"공짜라서 그러시는 건 아니고요?"

"거참 내 제자 녀석도 그러더니만 자네까지 참 매정하기 그지없군그래."

의선은 못 말리겠다는 듯한 표정을 지어 보였다.

가볍게 농담을 주고받았지만 이내 의선이 진지하게 물었다.

　"정체는 감추실 생각이시지요?"

　"그래야지. 내가 나타났다는 사실이 알려지면 일이 복잡해질 수 있으니까."

　"알겠습니다. 그럼 정체가 드러나시지 않게끔 거처를 마련해 보도록 하지요."

　"부탁하지."

　"여기가 제 거처가 아닌 마의의 것인지라 그에게 가서 청을 해야겠군요. 지금 가서 잠을 깨우면 난리를 피우긴 하겠지만…… 그래도 가서 천 대협의 거처를 마련해서 오지요."

　말을 끝낸 의선이 자리에서 벌떡 일어났다.

　그러고는 이내 잠시 쉬고 있으라는 말만 남긴 채로 훌쩍 자신의 방을 빠져나갔다.

　의선이 사라지자 방 내부는 순식간에 조용해졌다.

　혼자 남은 천운백은 차를 홀짝였다.

　그러던 그가 슬그머니 입을 열었다.

　"술이라……."

　찻잔을 어루만지던 천운백이 이내 천천히 말을 이었다.

　"나도 자네에게 한 약속을 지킬 수 있다면 좋겠군그래."

혼잣말을 내뱉은 천운백의 시선이 찻잔을 만지는 자신의 손으로 향했다. 그가 찻잔에서 손을 떼고는 주먹을 꽉 움켜 쥐었다.

단단해 보이는 자신의 주먹.

그 주먹을 바라보던 천운백이 나지막이 중얼거렸다.

"……내가 언제까지 도움이 되려나."

*　　　*　　　*

마교에서 그리 멀지 않은 곳에 위치한 적멱산(荻冪山).

그곳엔 오래전부터 흑록채(黑祿寨)라는 녹림도들이 자리하고 있었다. 사실 흑록채는 말이 녹림도지, 실상은 마교 휘하에 있는 하나의 소규모 단체에 가까웠다.

그들은 마치 자신들이 이곳 적멱산의 왕인 듯 굴었지만, 사실 마교와 워낙 가까이 있는 지리적 특징 탓에 제대로 기를 펴고 살 수가 없었다.

오히려 녹림도임에도 불구하고 그들의 주된 돈벌이가 마교에서 시키는 물건을 적멱산 너머로 옮겨 주는 것이었으니, 굳이 자세한 상황은 말할 필요도 없었다.

흑록채의 채주 상충(桑忠)은 오래전에 마교에 잠시 몸담 았던 무인이었다.

나름의 재능은 있어 일류 수준의 무인은 될 수 있었지만, 성격에 다소 문제가 있어서 자잘한 문제들을 일으켰고, 결국 이렇게 쫓겨나다시피 나와 이곳 흑록채의 채주 짓을 하며 살아가고 있었다.

흑록채는 상충을 필두로 하여 어중이떠중이 수준인 마교 의무인들과, 애초에 이곳에 있던 녹림도들이 모여 구성되어 있었다.

마교와 가까이 위치한 탓에 인근 마을에서 자릿세를 걷는 것조차 함부로 하기 어려웠지만, 그래도 그들은 머릿수가 제법 됐다.

오십 명이 넘는 규모의 그들은 마교의 잡일을 해 주거나, 다소 먼 곳에서부터 오는 이들의 통행세를 받는 것으로 생계를 유지했다.

그나마 마교의 일을 도와주고 받는 돈이 적지는 않았지만……

사실 근근이 입에 풀칠이나 하는 수준이지 큰돈을 벌기는 어려웠다. 그 때문에 내심 불만이긴 했지만, 어차피 마교로 돌아갈 수 없는 지금 상충의 입장에서는 이곳의 왕 노릇을 하는 것만으로도 감지덕지해야 할 상황이었다.

"드르렁! 커억!"

숨이 넘어갈 정도로 커다란 코 고는 소리를 토해 내고 있는 건 바로 흑록채의 채주 상충이었다. 아직 해가 지기 전임에도 불구하고 그는 깊은 잠에 빠져 있었다.

별다른 일이 없었기에 대부분의 흑록채 녹림도들 또한 각자의 거처에서 시간을 보내고 있었다.

그렇게 평화로워 보이는 흑록채의 입구로 한 명의 사내가 다가오고 있었다.

스윽, 슥.

긴 장포를 두르고 있어 얼굴을 알아볼 수 없는 인물이었다. 하지만 큰 키와 덩치를 보고 추측건대 사내라는 걸 짐작할 수 있었다.

흑록채의 입구는 단 한 명의 녹림도가 지키고 서 있었는데, 항상 별다른 일이 일어나지 않는 탓인지 그 또한 거의 졸다시피 그곳의 자리만 채우고 있던 상황이었다.

순식간에 흑록채의 입구로 다가온 장포의 사내가 졸고 있는 녹림도의 앞에 이르러 멈춰 섰다.

손을 뻗기만 하면 닿을 정도로 가까운 거리.

그럼에도 불구하고 상대는 누군가가 있는지도 모른 채로 졸고 있었다.

입구를 지키고 있는 녹림도의 실력이 모자란 탓도 있었지만, 그보다는 지금 이곳에 자리하고 있는 장포 사내가 뛰어난 무인인 이유가 더 컸다.

장포를 입고 있는 사내의 정체는 바로 십천야의 일원인 매유검이었다.

어르신이라는 존재의 명령을 받고 뭔가 계획을 실행시키기 위해 움직였던 그가 마침내 마교와 가까운 이곳까지 도착한 것이다.

매유검이 졸고 있는 상대를 향해 입을 열었다.

"일어나."

"……으음?"

목소리를 들은 녹림도 사내가 미간을 찌푸리며 힘겹게 눈을 치켜떴다. 정신을 차린 그는 순간 누군가가 앞에 있다는 걸 확인하고는 움찔했다. 그는 이내 눈앞의 상대가 처음 보는 사람이라는 사실을 알아차렸다.

정체불명 괴한의 등장.

일반적으로 다른 산채였다면 당장에 눈을 부라리며 상대를 겁박했겠지만, 이곳 흑록채는 달랐다.

마교와 가까웠던 탓에 종종 그곳에서 일을 맡기기 위한 사람이 찾아왔다. 한마디로 마교의 인물일 확률이 높다는 소리였다.

그랬기에 졸고 있던 사내가 조심스레 물었다.

"뉘시오?"

"여기가 흑록채 맞지?"

"그렇긴 한데…… 마교에서 오셨소?"

사내의 질문은 들은 척도 않고 매유검이 말했다.

"모두 모이라고 해."

그 말을 끝으로 매유검은 사내를 지나쳐 흑록채의 중앙 광장 쪽으로 걸음을 옮겼다. 자신은 아랑곳하지 않고 행동하는 매유검의 행동에 사내는 순간 울컥하긴 했지만 이내 화를 눌렀다.

자신의 질문에 대답을 하지는 않았지만, 이곳 흑록채에 와서 이토록 뻔뻔하게 구는 건 마교의 인물이 아니라면 불가능하다 여겨서다.

거기다가 상대에게서 느껴지는 분위기가 평상시 보아 오던 마교의 무인들과는 무언가가 달랐다.

묘하게 섬뜩한 느낌.

매유검을 마교의 중요한 인물이라 판단한 사내는 결국 그가 시킨 대로 흑록채 곳곳을 뛰어다니며 사람들 모두 중앙 광장으로 모이라는 말을 전달했다.

그리고 그 말을 전달받은 이들 중에는 이곳의 채주인 상충도 있었다.

상충은 갑작스럽게 자신을 깨우는 수하의 목소리에 눈을 떴다.

살이 쪄서 비대한 배를 긁어 대며 그가 물었다.

"뭐야? 벌써 저녁 시간이야?"

"그게 아니라 마교에서 사람이 왔습니다."

"마교에서? 그런 소리 못 들었는데?"

이상하다는 생각이 들긴 했지만, 상충은 마교라는 소리에 결국 눈을 비비며 바깥으로 걸어 나갔다. 그리고 그 또한 다른 이들이 모두 모여 있는 광장 쪽으로 향했다.

광장에 도착한 상충이 불만스레 투덜거렸다.

"아니 이게 뭐 하는 짓이야."

뭔가 일을 맡길 생각이라면 자신을 찾아와 이야기를 하면 될 일이다. 이렇게 광장에 흑록채의 녹림도들을 모조리 불러 모으는 일은 여태껏 없었다.

상황이 이렇게 되자 상충은 불만이 치솟을 수밖에 없었다.

제아무리 마교의 일을 맡아서 하는 산채라고는 하지만 이런 식으로 연락도 없이 찾아와, 우두머리에게 일언반구 말도 없이 모두를 광장으로 불러 모으는 행동은 이곳의 수장인 자신을 우습게 여기는 행위라 여겼기 때문이다.

광장에 도착한 상충은 주변을 두리번거렸고, 이내 외부에서 온 상대를 발견할 수 있었다.

장포를 눌러쓴 채로 광장 한편에 위치한 커다란 바위에 기대듯 앉아 있는 사내. 그를 확인한 상충은 이내 이곳으로 모이라고 전달한 수하를 찾아 물었다.

"다른 자들은 어디에 있고 저자 혼자야?"

"처음부터 혼자던데요?"

"그래? 이상한데."

딱히 옮겨야 할 짐이 있는 것도 아니고, 그렇다고 해서 안면이 있는 상대도 아니었다.

잠시 상대를 바라보던 상충이 결국 마음의 결단을 내렸는지 그를 향해 성큼 다가갔다.

바위에 걸터앉아 있던 매유검은 자신을 향해 다가오는 움직임을 눈치채고는 가볍게 고개를 들어 올렸다. 장포 사이에 있는 눈동자가 빠르게 상충을 훑고 지나갔다.

매유검의 지척까지 다가선 상충이 헛기침을 토해 냈다.

"흠흠."

그런 그를 향해 매유검이 입을 열었다.

"네가 이쪽 수장이냐?"

너무도 자연스러운 하대에 상충은 움찔했다.

듣기에 목소리는 어려 보였고, 정체도 알 수 없다. 그런 자가 하대를 내뱉으니 울컥하는 건 어쩔 수 없었다.

만약 이곳이 마교와 가깝지만 않았다면 단번에 공격적으로 나섰겠지만…….

애써 화를 누르며 상충이 답했다.

"그렇소. 그런데 당신은 누구요?"

"그건 알 거 없고 지금부터 내가 시키는 대로 움직여."

"그게 무슨 소리요. 적어도 신분은 밝히고 우리가 뭘 도와야 할지 말해야 알 거 아니오."

상충의 목소리가 다소 커졌다.

그리고 장포를 쓰고 있는 매유검은 그런 그를 향해 말했다.

"원래는 같은 말 두 번 안 해. 하지만 처음이니 마지막으로 예외로 치지. 그러니 똑똑히 들어. 이곳 흑록채의 모두는 지금 시간부로 내 명령대로 움직인다."

"아니, 그러니까 당신이 누군데⋯⋯."

말을 하던 상충은 문득 뭔가가 이상했다.

'⋯⋯어라?'

왤까?

갑자기 수하들이 자신을 놀란 눈으로 바라보는 이유는. 그리고 왜 세상이 갑자기 거꾸로 보이는 걸까.

그리고 그것이 상충이 본 마지막 장면이었다.

툭.

손의 움직임조차 보지 못했다.

그럼에도 불구하고 너무도 깔끔하게 상충의 목이 잘려져 나간 것이다. 목이 잘린 본인도 그 사실을 알아차리지 못했을 정도로 빠르고 깔끔한 솜씨였다.

그 때문에 상충은 자신의 목이 뒤로 떨어져 내리면서도 스스로가 죽었다는 사실을 알지 못한 것이다.

푸슈슈슉!

떨어져 나간 목.

동시에 하늘로 피가 분수처럼 솟구쳤다.

그 피는 매유검이 뒤집어쓰고 있는 장포를 적셨다. 그리고 피를 뒤집어쓴 그가 아무렇지 않게 입을 열었다.

"자꾸 같은 말 하게 하지 말라니까 짜증 나게."

5장. 대결
― 너다

"뭐? 주인의 사부가 왔다고?"

아침 식사를 하던 단엽이 놀란 듯 눈을 치켜떴다. 방금 전까지 같이 연무장에서 비무를 펼치던 두 사람이다.

놀란 듯 질문을 던지는 단엽의 맞은편에 자리하고 있던 천무진은 별다른 동요 없이 자신의 밥그릇을 든 채로 식사에 열중하고 있을 뿐이었다.

천운백이 나타났다는 말에 잠시 놀랐었던 단엽이지만, 이내 천무진이 언제 그를 만났을지 파악하고는 불만스러운 표정을 지어 보였다.

어제 적화신루에서 날아든 갑작스러운 연락.

그때 천무진은 백아린과 함께 안으로 들어갔고, 자신과 한천은 인근에서 대기한 채로 상황을 지켜봤었다.

다녀와서 별말 않기에 자신 또한 신경 쓰지 않았거늘…… 아마도 그때 천운백과 만났던 모양이다.

단엽이 툴툴거리듯 말을 이었다.

"어제는 그런 말 안 했잖아?"

"그래서 지금 하잖아."

천무진은 대수롭지 않게 말했지만, 단엽은 눈을 빛냈다.

천무진의 사부라는 말은 곧 천룡성의 주인이라는 의미였고, 그게 뜻하는 건 그가 무림에서 가장 강한 사내라는 것이다.

천운백이 근처에 왔다는 사실을 안 단엽이 주먹을 몇 번 쥐었다 폈다.

누구보다 강한 자와의 싸움을 갈망하는 단엽이다.

천운백이 왔었다고 하니 승부욕이 꿈틀거리는 건 어쩔 수 없었다.

단엽이 근질근질한 듯 물었다.

"……한 번 싸워 보는 건 어렵겠지?"

"뭐?"

천무진이 기가 막힌다는 듯 식사를 멈추고 단엽을 흘겨 볼 때였다. 단엽의 옆에서 같이 밥을 먹고 있던 한천은 결국 입 안에 있던 음식물을 뱉어 낼 듯 웃음을 터트렸다.

"푸하하! 하여튼 진짜 투견이라니까. 천 공자한테 직접 사부와 싸워도 되냐고 물어볼 줄이야."

"부총관, 식사하는 거 안 보여?"

백아린은 재빨리 자신의 앞에 있는 접시를 막으며 가볍게 눈을 흘겼다. 그런 그녀의 말에 한천이 입을 닫고 조용히 음식을 씹고 있을 때였다.

단엽이 두 사람을 번갈아 바라보며 이해가 안 간다는 표정을 지어 보였다.

"뭐야. 그런데 두 사람은 반응들이 왜 이래?"

단엽은 흥분한 자신과는 달리 너무도 평온해 보이는 백아린과 한천의 모습이 의아해 물었다.

그러자 백아린이 가볍게 답했다.

"난 어제 직접 뵈었거든."

"아, 허기야 백아린 너는 주인하고 같이 갔었으니까. 그래서 직접 보니 어땠어?"

"음…… 역시라고 해야 되나."

백아린은 어제 보았던 천운백의 모습을 떠올리며 중얼거렸다. 특별히 긴 시간을 마주한 것도, 그렇다고 손속을 겨루어 본 건 더더욱 아니었다.

그럼에도 불구하고 천운백에 대한 인상은 꽤나 강렬했다.

여유 있어 보이는 모습임에도 감출 수 없는 절대자의 기운.

그건 웬만한 사람이 가질 수 있는 종류의 것이 아니었다.

굳이 긴 설명을 하지 않았음에도 불구하고 단엽은 백아린이 천운백에 대해 꽤나 강한 인상을 받았다는 사실을 알 수 있었다.

그녀의 반응까지 보자 단엽은 천운백에 대해 더욱 궁금증이 치밀었다.

그가 나지막이 중얼거렸다.

"하아, 궁금해 미치겠는데."

궁금증으로 인해 입맛이 모두 사라진 단엽이 애꿎은 밥을 젓가락으로 쿡쿡 쑤시다가 이내 한천에게 물었다.

"넌 안 궁금하냐?"

"나? 나야 그런 것보다 혹시 천 공자의 스승이신 그분께서 귀한 술이나 갖고 계시지 않을까 그게 더 궁금한데."

히죽 웃으며 말하는 한천의 모습에 단엽이 고개를 절레절레 저었다.

한천이 그런 부분에 있어 전혀 관심을 두지 않는 성격이라는 걸 다시금 느껴서다.

사실 한천과 단엽은 성격적으로 무척이나 달랐다. 싸움을 좋아하고, 강한 자를 보면 투지를 불태우는 단엽과는 정

반대로 한천은 가능하면 싸움을 피했고 항상 대부분의 상황을 웃으며 넘기곤 했다.

나이부터 시작해서 성격까지.

두 사람은 달라도 너무 달랐다.

그러니 그렇게 전혀 다른 두 사람이 어느 순간부터 찰싹 달라붙어 다니는 절친한 사이가 되었다는 게 참으로 신기한 일이었다.

잠시 한천에게 시선을 줬던 단엽이 이번에는 천무진에게 고개를 돌리고는 말을 이어 나갔다.

"그럼 언제 다시 보는데?"

"모르겠는데. 사부가 먼저 연락을 해 오기 전까지는 그냥 기다리기로 해서 말이야."

"하아, 그래?"

단엽이 아쉽다는 듯 짧게 숨을 내쉬었다.

그때 한천이 시무룩한 표정을 지은 채로 창문을 통해 바깥을 바라보고 있는 단엽의 어깨를 툭툭 치며 말했다.

"며칠만 기다리면 되는데 뭘 그리 아쉬워하냐. 밥이나 먹어."

"며칠이라……."

한천의 말을 곱씹으며 단엽이 중얼거렸다.

그리고는 여전히 창밖을 바라본 채로 그가 나지막이 말

을 이었다.

"……시간이 될지 모르겠네."

정체 모를 그 한마디를 내뱉는 순간 옆에서 식사를 하고 있던 한천의 시선이 슬그머니 단엽에게로 향했다.

＊　　＊　　＊

"어이."

단엽은 창문 아래에서 고개를 불쑥 들이미는 한천의 모습에 식겁한 표정을 지어 보였다. 누군가가 다가오고 있다는 사실은 기척을 통해 알고 있었지만 이렇게 창문 아래쪽에서 순간적으로 고개만 들이미는 기괴한 모습으로 나타날 줄은 몰랐다.

침상에 누워 있던 단엽이 상체만 일으켜 세우며 말했다.

"왔으면 문으로 들어오지 사람 깜짝 놀라게 거기서 뭐 하는 거야?"

"뭐 하긴. 너 뭐 하나 보러 왔지. 혹시나 자고 있는데 내가 문으로 들어가면 깰 수도 있잖아."

"지금 네 모습은 잠이 깨는 수준이 아니라, 아예 오늘 밤에 숙면은 포기해야 할 것 같은 모양샌데."

아직까지도 창문틀에 목만 걸친 채로 대롱대롱 움직이고

있는 한천의 모습을 보며 단엽이 투덜거렸다.

　허나 그런 불만에는 아랑곳하지 않은 채로 한천이 씩 웃
으며 손짓했다.

　"마침 잘됐네. 안 자고 있었으면 나오라고."

　"지금? 뭐 하려고?"

　"이 시간에 사내 둘이서 할 게 뭐 있겠냐."

　말과 함께 한천이 잔을 꺾는 시늉을 해 보였다.

　뜬금없이 찾아와 술을 마시자는 제안, 하지만 이제는 이
런 모습이 전혀 낯설지 않았다.

　최소 사나흘에 한 번씩은 있어 왔던 일이니까.

　단엽이 미간을 찌푸린 채로 중얼거렸다.

　"오늘은 좀 피곤한데……."

　겉보기에는 멀쩡해 보였지만 사실 그는 무척이나 지쳐
있었다. 식사를 하는 시간과 천무진에게 용무가 있어 자리
를 비운 잠시를 제외한 온종일 그와 비무를 했기 때문이다.

　다른 이도 아닌 천무진과의 비무.

　제아무리 단엽이라고 해도 정신적으로나 육체적으로 지
칠 수밖에 없었다.

　그랬기에 순간적으로 술자리를 거절할까도 싶었지
만…….

　단엽이 자리에서 벌떡 일어났다.

"에잇, 잠도 안 오는데 그래. 마시자."

말과 함께 걸음을 옮기는 그를 보며 한천이 만족스럽다는 듯 고개를 끄덕이며 입을 열었다.

"역시 내 친구답다니까."

순간 한천이 있는 쪽으로 다가온 단엽은 문이 아닌 창문을 훌쩍 뛰어넘어 바깥에 착지했다. 그러고는 가볍게 손짓을 하며 말했다.

"가자. 밤도 짧은데."

"하여튼 뭘 알아."

한천이 좋다는 듯 웃으며 대꾸했다.

그러고는 이내 두 사람은 나란히 선 채로 걸음을 옮겼다. 그렇게 두 사람이 향한 곳은 마교 외성에 위치한 커다란 기루였다.

한천은 기루에 들어서기 무섭게 다가온 젊은 사내를 향해 말했다.

"삼 층에 경치 좋은 방 하나 부탁하네."

"곧바로 모시지요."

말과 함께 사내가 먼저 기루 한쪽에 위치한 계단으로 올라섰고, 그 뒤를 단엽과 한천이 따라붙었다. 그렇게 뒤를 따라 걸어가는 와중에 단엽이 의외라는 듯 말했다.

"웬일이냐. 방으로 다 잡고."

한천과 자주 술을 마셨고, 종종 이렇게 단독으로 된 방을 잡은 적도 있긴 했지만 이런 경우가 많은 건 아니었다.

대부분 사람들 사이에 섞여 시끌벅적한 장소에서 술을 마시던 둘이다.

더군다나 이곳은 마교에서도 제법 가격이 나가는 기루 중 하나였다. 방에다가 그것도 경치 좋은 삼 층이라면 그 가격이 꽤나 나가는 건 당연했다.

궁금하다는 듯 묻는 단엽의 질문에 한천이 대수롭지 않게 답했다.

"웬일은 무슨. 종종 이런 날도 있어야지."

"박봉이라 이런 건 무리라며. 설마 나한테 떠넘기려는 건 아니겠지?"

"어허! 나 그렇게 치사한 놈 아니거든? 사람을 뭐로 보고."

"그래? 쩝, 이거 뭔가 이상한데."

큰소리치는 한천의 뒷모습이 뭔가 미심쩍었지만 그렇다고 해서 문제될 상황은 아니었기에 단엽은 그저 그 뒤를 쫓을 수밖에 없었다.

그렇게 두 사람은 기루 삼 층에 위치한 조용한 방으로 안내를 받았다.

값비싼 기루인 만큼 방 내부는 무척이나 잘 꾸며져 있었고, 다른 이들의 방해를 받을 일도 없어 보였다.

방으로 안내받은 두 사람이 자리에 착석했을 때였다.

둘을 이곳으로 안내해 온 사내가 물었다.

"음식과 술은 무엇으로 가져다드릴까요?"

"여기서 제일 잘 나가는 것들로 한 상 거하게 부탁하네."

한천이 짧게 주문을 끝냈고, 사내는 곧바로 방을 빠져나갔다. 그렇게 단둘이 남게 되자 한천의 얼굴을 물끄러미 바라보던 단엽이 입을 열었다.

"너 무슨 일 있냐?"

"나? 아무 일도 없는데?"

"그런데 오늘 왜 이래? 비싼 기루에 온 걸로 모자라 좋은 술과 음식이라니⋯⋯."

평상시랑 다른 한천의 행동에 이해가 안 간다는 듯한 표정을 짓고 있던 단엽이 이내 손뼉을 치며 말했다.

"너 혹시 백아린 몰래 뒷돈이라도 좀 챙겼냐?"

"⋯⋯하아."

기가 막힌다는 듯 한숨을 쉬는 한천의 모습에 단엽이 뒷머리를 긁적이며 중얼거렸다.

"아닌가 보네. 그럼 대체 뭐야? 나한테 뭐 부탁할 거라도 있어?"

"아, 진짜 아니라니까 그러네."

억울하다는 듯 가슴을 치며 한천이 열불을 토해 냈다. 그리고 때마침 방금 전 나갔던 기루에서 일하는 사내가 술병을 하나 들고 모습을 드러냈다.

그가 내려놓은 술병을 들어 올린 단엽이 장난스레 말했다.

"정말로 뭐가 있는 건 아닌 거 같으니 걱정 없이 마신다?"

"그래, 제발 좀 그냥 먹자."

말이 끝나기 무섭게 단엽은 자신과 한천의 잔에 술을 가득 채웠다.

술잔을 입에 가져다 대며 한천이 중얼거렸다.

"이렇게 사람을 못 믿어서야 원."

"그러게 평소에 좀 잘하지 그랬냐. 안 하던 짓을 하니까 이상해서 그랬지."

목구멍으로 술을 넘기며 단엽이 실실 웃었다.

그렇게 두 사람이 잡담을 나누며 몇 잔의 술을 주고받는 사이, 앞에 있는 탁자 위로 하나둘씩 음식들이 자리하기 시작했다.

그리고 마찬가지로 탁자 한쪽에는 술병이 하나씩 쌓여 갔다.

둘 모두 보통 주량이 아니었기에 술을 비우는 속도는 순식간이었다.

취기가 얼큰하게 오를 정도의 시간이 지났거늘 둘은 여전히 멀쩡한 상태로 이야기를 주고받았다.

술자리는 꽤나 유쾌했다.

연신 터져 나오는 두 사람의 웃음소리와 시끄러운 목소리가 방 안을 가득 채웠다.

그렇게 술자리의 분위기가 한없이 무르익어 갈 때였다.

때마침 터진 단엽의 농담에 한천이 배를 잡고 웃기 시작했다.

"하하하! 정말 웃긴 놈이라니까."

배꼽이 빠져라 눈물까지 흘리며 웃어 대던 한천이 이내 힘겹게 허리를 폈다. 그러고는 눈가에 맺혀 있는 눈물을 소매로 닦아 내며 앞으로 잔을 내밀었다.

그런 한천과 건배를 하기 위해 마찬가지로 단엽이 잔을 들어 올렸을 때였다.

여전히 웃는 눈매를 한 한천의 입이 열렸다.

"언제 가는데?"

"……."

한천의 그 한마디에 단엽이 움찔했다.

여태까지 나눈 이야기와는 전혀 상관없는 뜬금없는 말이었다. 무슨 말인지 이해하지 못할 수도 있었지만…… 단엽은 한천이 내뱉은 말뜻이 뭔지 알아차렸다.

그사이 한천이 말을 이었다.

"너 곧 떠날 생각이잖아. 다 눈치챘으니까 속일 생각일
랑은 말고."

"……어떻게 알았냐?"

잔을 슬쩍 내려놓은 단엽이 물었다.

그러자 단엽과는 반대로 술을 들이켠 한천이 퉁명스레
대꾸했다.

"바보도 아니고 척 보면 척이지."

"쳇, 알아차리기 전에 내가 먼저 말하고 멋지게 사라지
려고 했는데 이거 완전히 김샜네."

손에 깍지를 낀 채로 자신의 뒷머리를 감싼 단엽이 투덜
거렸다.

허나 말을 내뱉은 단엽의 표정은 말투와는 달리 어딘지
모르게 서글퍼 보였다. 슬며시 자신의 입술을 깨문 그가 서
서히 머리를 감싸고 있던 손을 풀었다.

그러고는 가득 차 있는 자신의 술잔을 입에 가져다 댔
다.

한천의 말이 맞았다.

단엽은 이들과의 이별을 준비하고 있었다.

모든 건 바로 얼마 전 있었던 대홍련 련주와의 만남에서
시작됐다.

그는 단엽에게 련주의 자리를 부탁했고, 그건 거절할 수 없는 일이었다. 그랬기에 단엽은 고민하고, 또 고민했다.

그렇게 해서 마침내 결론을 내렸고 며칠 후 이곳을 떠나 대홍련으로 돌아갈 예정이었다.

이 같은 결정을 내린 지는 며칠 정도 지났지만 아직까지 차마 말하지 못하고 있었다. 그만큼 이들과의 헤어짐이 아쉬웠던 탓이다.

사실 속내는 그러했지만 단엽은 괜히 더 아무렇지 않은 척했다.

아쉬워하고, 뭔가 미련 있는 모습을 보이는 건…… 자신과 어울리자 않았으니까.

술잔을 비운 단엽이 괜히 더 아무렇지 않은 척 손을 허공으로 쭉 펼치며 소리쳤다.

"아! 아쉽다. 주인의 사부랑 한 번 붙어 보고 싶었는데 시간이 없으니 그건 다음 기회로 미뤄야 되겠네."

"큭, 참 너답다. 이런 와중에도 머릿속에 싸움밖에 없다니. 그렇게 싸워 보고 싶냐?"

"싸워 보고 싶지. 주인의 사부라면 곧 천하제일인이라는 의미니까."

말을 하는 사이 한천은 자신과 단엽의 빈 잔에 다시금 한 잔씩 술을 채웠다.

그렇게 한천이 술병을 기울이고 있는 때였다.

　물끄러미 그를 바라보고 있던 단엽이 천천히 입을 열었다.

　"……그런데 사실 내가 진짜로 싸워 보고 싶은 사람은 따로 있어."

　"누군데?"

　술을 따르던 한천이 힐끔 단엽의 얼굴을 바라보며 물어본 그때였다.

　"……너다."

　예상치 못한 말에 술잔을 채우던 한천이 움찔하며 움직임을 멈췄다. 그러고는 놀란 듯 고개를 들어 올렸다.

　그사이 진지해진 눈빛으로 한천을 바라보던 단엽이 천천히 말을 이었다.

　"난 너와 싸워 보고 싶다, 한천."

　이건 진심이었다.

*　　　*　　　*

　단엽의 말에 한천은 일순 할 말을 잃고야 말았다.

　자신과 싸워 보고 싶다는 그 한마디.

　평소였다면 웃으며 넘겼을 그다. 그렇지만 지금 마주하

고 있는 단엽의 시선에서 느껴지는 순수한 열의가 전해져서인지 한천은 쉽사리 입을 열지 못했다.

자신을 뚫어져라 바라보고 있는 단엽의 시선에 한천이 결국 픽 웃었다.

'……하여튼 대단하다니까.'

강한 사람과 싸우고 싶어 하는 저 순수한 열의는 정말이지 감탄을 금하기 어려울 정도로 흔들림이 없었다.

잔을 비워 낸 한천이 슬쩍 옆에 놓여 있는 술병을 손에 들었다. 때마침 술은 다 떨어졌고, 시간도 제법 흐른 상황.

한천이 빈 술병을 흔들며 말했다.

"부담스러우니까 그런 눈빛은 좀 치우자고. 그보다 아직 내 질문에 대한 답을 안 한 거 같은데. 언제쯤 대홍련으로 돌아갈 생각이야?"

"삼 일 후? 그쯤 생각하고 있어."

"……뭐야 정말 며칠 안 남았네."

떠날 날이 예상했던 것보다 더욱 가깝다는 사실을 안 한천은 복잡한 표정을 지었다. 얼마 남지 않았을 거라는 건 알았지만 그래도 삼 일이라니, 생각보다 훨씬 짧았다.

한천이 말했다.

"그럼 슬슬 다른 사람들한테도 말해야 하지 않겠어? 전에 잠깐 말했을 때도 천 공자님이 네가 떠난다는 사실에 꽤나 아쉬워했었잖아."

"……그래야지. 그런데 이런 말 하는 어색한 분위기가 너무 싫어서 말이야. 가능하면 떠나기 전날 말하고 싶은데."

"인마. 그건 네 생각이고. 보내는 사람도 좀 생각해야 할 거 아니냐. 이번에 떠나면 꽤나 오래 못 볼 텐데 갑자기 떠나보내면 어떻겠어. 거기다가 천 공자님이 그리는 계획이 있을 텐데, 그렇게 급작스럽게 떠난다고 하면 앞으로의 일정에 차질이 생길 수도 있고 말이야."

"하아, 그것도 그렇긴 한데……."

말을 흐리면서 이걸 어쩌나 하는 곤란한 표정을 지어 보이는 단엽의 모습에 한천이 답했다.

"말하기 어색하고, 그런 분위기를 피하고 싶은 거면 걱정하지 말라고."

말을 마친 한천이 자리에서 벌떡 일어났다.

그러고는 자신만 믿으라는 듯 스스로의 가슴을 두드리며 목소리를 높였다.

"이 형님이 알아서 해 줄 테니까. 넌 그냥 와서 옆에 있기만 하면 돼."

"형님은 무슨."

말과 함께 픽 웃은 단엽이지만 이내 그 또한 자리에서 일어났다.

말대로 천무진은 십천야라는 존재와 싸우고 있다.

그리고 백아린과 함께 여러 가지 계획들을 준비해 두고, 또 그걸 성공시키기 위해 백방으로 노력하고 있기도 했다.

이런 상황에서 도움이 되어야 할 자신이 이곳을 떠나게 됐다.

비록 며칠이라 할지라도 먼저 보고를 해야 천무진이 계획을 수정하는 데 도움이 될 터.

단엽이 다짐을 받으려는 듯 말했다.

"말했다? 난 어색하고 막 그런 분위기 절대 못 견딘다고."

"걱정도 팔자라니까. 나만 믿으라고."

말과 함께 한천이 단엽의 어깨에 손을 둘렀다.

그러고는 자신을 바라보는 단엽을 향해 활기찬 목소리로 말을 이었다.

"자, 가자고."

꽤나 오랫동안 기루에서 술을 마시던 두 사람은 곧장 자신들의 거처로 돌아갔다. 시간은 이미 많이 늦어서 모두가 잠들어 있어도 이상할 것 없었던 상황.

입구에 들어서며 단엽이 입을 열었다.

"오면서 생각해 봤는데 시간이 늦었으니 오늘은 우선 자고 내일 일어나서…….”

“에이, 그게 무슨 소리야. 쇠뿔도 단김에 빼랬다고 미적
거리다가는 더 말하기 어려워져. 거기다가 우리 대장이나
천 공자님이나 얼마나 지독한 사람들인데. 이 시간이면 아
직 안 자고 있을걸.”

호언장담을 한 한천은 단엽이 뭐라고 할 틈도 없이 성큼
앞으로 나섰다.

그는 곧장 백아린이 기거하는 건물로 다가갔다. 그러고
는 입 근처로 양손을 동그랗게 말더니 이내 목청을 높여 소
리쳤다.

“대장!”

버럭 내지른 소리에 바로 옆에 자리하고 있던 단엽은 귀
청이 떨어진 게 아닌가 하는 착각이 들 정도로 귀가 먹먹했
다.

생각지도 못한 한천의 행동에 단엽은 손으로 이마를 감
싸 안았다.

이런 사내를 믿고 움직였다는 사실에 후회가 밀려오는
찰나, 그 큰 목소리에 반응한 백아린이 문을 열고 바깥으로
나왔다.

그리고 뒤이어 근처의 건물에 자리하고 있는 천무진 또
한 모습을 드러냈다.

가까이 다가온 백아린이 당황스러운 표정으로 물었다.

"이 밤에 웬 소란이야?"

"왜는요. 급히 말씀드릴 게 있어서 왔지요."

"급히 할 말?"

백아린이 되물을 때였다.

뒤편에서 다가오던 천무진 또한 어느덧 근처에 도착해 일행에 합류했다.

그러자 한천이 기다렸다는 듯 옆에 있는 단엽을 가리키며 말했다.

"단엽이 두 분에게 할 말이 있답니다."

말과 함께 한천이 성큼 한 걸음 옆으로 떨어졌다. 그러자 자연스레 모두의 시선이 단엽에게로 몰릴 수밖에 없었다.

자기가 알아서 할 테니 옆에 있기만 하라던 한천의 호언 장담을 믿고 미리 이야기를 하기로 결정을 내렸던 단엽이다.

그런데 정작 중요한 상황에는 판만 깔아 놓고 재빠르게 빠져 버리는 그의 모습에 울화가 치밀었지만……

단엽은 뒷머리를 긁적였다.

어색한 분위기가 되는 걸 원하지 않았다.

그런데 상황이 이렇게 되어 버린 이상, 이제 와서 아무런 일도 아니라고 하면 더 어색해질 것 같았다.

이왕 이렇게 된 것 지금 할 수 있는 선택은 하나였다.

결정을 내린 그가 입을 열었다.

"나 삼 일 후쯤 떠날 생각이야. 대홍련의 련주가 되어야 하니까."

단엽의 청천벽력 같은 말에 천무진과 백아린은 순간 서로의 얼굴을 바라봤다. 단엽이 떠난다는 것은 그리 가벼운 문제가 아니었다.

하지만 이미 어느 정도 예상했던 일이기도 했다.

개인적인 일이 아닌 대홍련이 얽힌 일이다.

결국 때가 되면 떠날 거라는 걸 알았고, 그랬기에 천무진은 그때가 되면 언제든 단엽을 보내 줘야 한다 생각하고 있었다.

물론 그것이 그리 쉽게 내린 결정은 아니었지만 말이다.

잠시 침묵하던 천무진이 입을 열었다.

"……그렇게 정했군."

"미안. 주인 옆을 지키기로 약속했는데 이게 나만의 문제가 아니라서."

사과를 하는 단엽의 목소리에는 진심이 묻어났다.

누군가에게 쉽게 사과를 하는 사내가 아니라는 걸 알기에 천무진은 지금 그가 얼마나 자신에게 미안해하는지를 절절히 느낄 수 있었다.

때문에 천무진은 속내를 감춘 채로 작게 웃음을 흘렸다.

"미안하긴. 네가 해야 할 일을 하는 건데 나한테 그럴 필요는 없어. 난 괜찮으니 맘 편히 가."

편안하게 그가 떠날 수 있도록.

천무진은 최대한 단엽이 떠나는 길이 불편하지 않도록 배려하며 답했다.

허나 그런 천무진의 배려에 오히려 단엽은 아무런 대답도 하지 못했다.

어찌 모를까.

지금 천무진에게는 자신의 도움이 필요하다는 걸.

그런데도 불구하고 천무진의 대답은 자신을 위하고 있었다.

자신을 위해 이런 대답을 한 게다.

그래야 자기가 편하게 갈 수 있을 테니까.

천무진의 그 마음이 느껴졌기에, 단엽은 입술을 꽉 깨물었다.

마음 한편부터 점점 무언가 채워져 오는 이 느낌.

이들을 만나고 나서 단엽은 동료라는 게 뭔지 알게 됐다. 그리고 지기라는 것이 뭔지도 알았다.

좋은 이들, 그리고 재미있는 사람들.

닭살 돋는 분위기를 극도로 싫어하는 단엽이다.

그런 그가 입을 열어 자신의 진심을 내보였다.

"……고마워, 주인."

말을 내뱉는 단엽의 어깨 위로 천무진이 손을 올렸다. 가볍게 어깨를 두드린 그가 이윽고 말했다.

"그간 날 위해 싸워 줘서 고맙다. 단엽."

"……."

마찬가지로 진심을 내보이며 인사를 건네는 천무진의 모습에 단엽이 어떤 대답도 하지 못하고 있는 그때였다.

옆에서 둘의 대화를 듣고만 있던 한천이 재빠르게 끼어들며 말했다.

"천 공자님, 여기서 제가 부탁 하나 드려도 되겠습니까?"

부탁을 해도 되냐는 한천의 말에 천무진이 물었다.

"지금 부탁을 할 사람은 부총관이 아니라 단엽이어야 되는 거 아닌가?"

"정확히는 단엽을 위해 제가 부탁을 하는 거라서요."

히죽 웃으며 대꾸하는 한천의 모습에 오히려 옆에 있던 단엽이 의아한 표정을 지어 보였다.

그가 물었다.

"날 위한 부탁이라니?"

특별히 한천에게 뭘 말해 달라 부탁했던 건 없었다. 오히려 판만 벌여 놓고 빠져 버려서 단엽 스스로 말을 꺼내 놓은 이런 상황에 자신을 위한 부탁이 대체 무엇이란 말인가?

물어 오는 단엽의 질문에는 아랑곳하지 않고 한천은 천무진에게 말을 이었다.

"연무장 하나가 필요합니다."

부탁이 뭔가 하고 있던 천무진은 너무도 간단한 부탁에 손가락으로 주변을 가리키며 대꾸했다.

"연무장은 이곳 귀림원에도 몇 개나 있잖아."

"아뇨, 그런 곳 말고요."

귀빈을 모시는 이곳 귀림원에도 손님들을 위한 몇 개의 연무장이 마련되어 있었고, 그 사실을 한천이 몰랐을 리 없다.

그럼에도 불구하고 이 같은 부탁을 하는 건 한천이 원하는 연무장이 그런 종류의 것이 아니었기 때문이다.

한천이 말을 이었다.

"저와 단엽이 죽도록 싸워서 전부 박살이 난다고 해도 전혀 상관없는 그런 연무장이 필요해서요. 큰 소란이 일어도 사람들이 오가지 않았으면 좋겠고요."

예상치 못한 한천의 말에 그를 제외한 세 사람 모두가 놀란 듯 눈을 크게 떴다.

"너 설마……."

단엽이 중얼거리며 한천을 바라봤다.

그와 싸워 보고 싶다고 한 자신의 말이 떠올라서다.

분명 그건 진지하게 한 이야기였지만 그런 자신의 말에 한천이 이런 식으로 반응할 거라고는 생각지 못했다.

한천은 자신처럼 싸움을 즐기는 사내가 아니었으니까.

모두가 당황하고 있던 그때 정신을 차린 천무진이 입을 열었다.

"지금 당장?"

"네, 적당히 취기도 올랐겠다 자고 일어나면 또 생각이 바뀔지도 몰라서요."

한천은 재차 자신의 생각을 밝혔고 그런 그를 향해 고개를 끄덕인 천무진이 말했다.

"여기서 북쪽에 있는 연무장은 아무 때나 써도 좋다는 승낙을 받아 둔 상태야. 거기라면 원하는 조건을 어느 정도 충족시켜 줄 것 같은데."

"그럼 그곳으로 가죠."

한천의 말에 천무진은 알겠다는 듯 몸을 돌려 일행들을 그 연무장으로 안내하기 시작했다.

천무진이 말한 연무장은 귀림원과 멀지 않은 곳에 위치해 있었다. 그랬기에 그리 오랜 시간이 걸리지 않고 목적지에 도착할 수 있었다.

가는 내내 단엽은 말이 없었다. 거리가 가까워 떠들 시간이 많지 않기도 했지만, 갑작스레 한천의 제안을 받은 직후부터 단엽은 급속도로 말이 사라진 상태였다.

허나 그의 얼굴엔 감추기 어려울 정도의 흥분이 느껴졌다.

그토록 싸워 보고 싶었던 상대인 한천.

그가 자신과의 대결을 받아들여 주었으니까.

그것만으로도 지금 단엽의 심장은 터질 듯이 빠르게 뛰고 있었다.

연무장에 들어서기 무섭게 단엽은 한쪽 구석에 자리를 잡았다. 함께 도착한 한천이 먼저 연무장 위로 올라서려 할 때였다.

서둘러 다가온 백아린이 연무장에 올라서려는 그의 옷소매를 잡아챘다.

그녀를 향해 한천이 시선을 돌렸을 때였다.

"부총관."

"네, 대장."

"진짜 싸울 생각이야?"

"그럼요. 저랑 싸우고 싶다 했거든요. 그것도 아주 진심을 담아서요."

아무렇지 않게 웃으며 대꾸하는 한천을 보며 백아린이 이해가 안 간다는 표정을 지어 보였다.

일부러 걸어오는 싸움조차도 능글맞게 넘어가던 한천이 아니던가.

그러던 그가 오히려 스스로 먼저 이런 자리를 만들었다. 그랬기에 백아린은 놀랐고, 한편으로는 걱정스러웠다.

한천의 숨겨진 과거를 알고 있었기 때문이다.

그녀가 말했다.

"언제부터 그렇게 남이 하자는 대로 해 줬다고."

"그러게 말입니다. 하하!"

웃음을 터트린 한천이 가볍게 목을 풀었다.

어느덧 반대편 쪽에 모습을 드러낸 단엽이 연무장 위로 천천히 올라서고 있었다.

그리고 그런 그를 바라보는 한천의 눈동자 또한 조용히 빛나기 시작했다.

서로를 바라보는 두 사람.

둘 사이에 흐르는 그 묘한 분위기를 느낀 백아린이 아직 까지 미련이 남은 듯 한천을 말렸다.

"굳이 싸워야겠어? 오히려 이번은 마음만 먹으면 아무런 문제도 없이 싸움을 피할 수 있는 상황이잖아."

"……대장 말씀이 맞습니다. 피할 수 있는 싸움이었죠. 그리고 평소의 저라면 그렇게 생각했을 테고요. 하지만 이 번엔 조금 어려울 것 같습니다, 대장."

말과 함께 한천은 백아린의 손에 잡혀 있던 소매를 슬그머니 빼냈다.

그러고는 연무장 위에 자리한 채로 자신을 기다리는 단엽을 바라보며 천천히 말을 이었다.

"그저 싸워 보고 싶다는 순수한 열망만이 가득한 저 눈빛을 보고 있노라니 예전 생각이 나서요. 그리고 그때의 전…… 걸어오는 싸움을 피하지 않았었죠."

말을 하는 한천의 눈동자는 백아린이 아닌 단엽에게 틀어박혀 있었다.

그리고 그 시선을 확인하는 순간 그녀는 알 수 있었다.

자신의 만류가 전혀 통하지 않을 거라는 사실을.

결국 체념한 듯 백아린이 짧게 말했다.

"마음 내키는 대로 하고 와."

"네, 대장."

말을 끝낸 한천이 슬쩍 발을 움직였다.

그리고 이내 그의 몸이 연무장 위로 올라섰다.

연무장에 올라선 한천이 자신을 기다리고 있던 단엽을 바라보며 씩 웃었다.

"오래 기다렸냐?"

그런 그의 말에 단엽 또한 웃으며 답했다.

"목 빠지는 줄 알았다."

어느덧 절친한 지기가 되어 버린 두 사람.

허나 지금은 그런 것은 중요하지 않다.

연무장 위에서 마주한 지금, 두 사람은 그저 무인 대 무인으로 마주하고 있는 것뿐이었으니까.

그리고 이렇게 무인으로 단엽과 마주한 그 순간부터……한천의 피가 끓어오르기 시작했다.

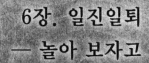

6장. 일진일퇴
— 놀아 보자고

　대결을 위해 연무장에 마주 선 두 사람 사이에 모습을 드러낸 천무진이 짧게 규칙을 설명했다.

　"강기든 뭐든 마음대로 펼쳐도 돼. 다만 상대방의 목숨을 위협할 수 있는 상황에서는 힘을 거둬야 돼. 두 사람 실력이면 그 정도는 충분히 가능할 테니 걱정은 안 하도록 하지. 그리고 싸움이 너무 길어지고 격해진다고 생각되면 임의로 나와 백아린의 판단하에 승부를 멈출 테니 그것도 알아 두고."

　천무진의 말에 단엽과 한천은 고개를 끄덕였다.

　지금 상황에서는 자신이 방햇거리밖에 되지 않는다는 걸

알았기에 그 말을 끝으로 천무진은 곧장 연무장 아래로 내려가 백아린의 옆에 섰다.

그렇게 연무장 위에 단엽과 한천 단둘만이 남았을 때였다.

한천이 슬쩍 고갯짓으로 방금 전에 내려간 천무진이 있는 방향을 가리키며 말했다.

"들었지? 천 공자께서 하신 말. 임의로 승부를 멈출 거라고. 아무래도 그리 길게는 못 싸울 것 같으니…… 쓸데없는 간 보기는 빼고 가자고."

"그거야 나도 바라던 바지."

대답을 하는 단엽은 어느새 손에 권갑을 끼고 있었다.

어차피 둘 모두 상대의 실력에 대해 어느 정도 알고 있는 상태였다.

우내이십일성의 경지에 든 고수들의 싸움.

자잘한 공격으로 상대방의 실력을 파악하며 시간 낭비를 할 생각은 처음부터 없었다.

권갑을 끼며 단엽이 모든 준비를 마친 그때 한천 또한 차고 있던 검을 뽑아 들었다.

"자, 그럼……."

나지막한 중얼거림과 함께 한천의 몸이 사라졌다.

스스슥.

유령처럼 모습을 감춘 한천의 몸. 하지만 단엽은 앞으로 재빨리 걸음을 옮기며 뒤편으로 손을 휘둘렀다.

카앙!

이번 공격은 막혔지만, 한천의 진짜 공격은 이제부터 시작이었다.

츄츄츄춧!

권갑에 검이 맞닿기 무섭게 그 주변으로 수십 개의 검기들이 거짓말처럼 솟아났다. 너무도 빠른 내력의 흐름, 거기다가 검기라고 보기에는 꽤나 파괴적인 위력까지.

순식간에 밀려드는 한천의 검기에 단엽은 서둘러 내력을 끌어올려 주먹을 휘둘렀다.

쾅!

뒤늦게 공격을 막기 위해 움직였던 단엽이 몸이 뒤로 밀려 나갔다.

그렇게 그는 양손을 교차시킨 채로 날아드는 모든 공격을 받아 냈다.

쏟아진 검기의 폭풍이 사라진 순간.

그 자리에 있어야 할 한천의 모습이 보이지 않았다. 누구라도 당황할 수밖에 없는 상황이었지만 당사자인 단엽은 침착했다.

사실 팔을 교차시킨 채로 공격을 받아 내는 와중에 이미 한천의 움직이는 걸 확인했기 때문이다.

순간 단엽의 주먹이 아무것도 없는 오른쪽 허공을 갈랐다.

부웅! 핏!

동시에 울려 퍼지는 두 개의 소리.

몸을 비튼 단엽이 날아드는 검을 아슬아슬하게 피해 냈고, 허공에서 갑자기 나타난 한천은 검을 이용해 자신에게 밀려드는 주먹을 옆으로 밀쳐 내며 흘려보냈다.

빠르게 상대에게서 멀어지는 두 사람.

둘 모두 공격을 흘린 것처럼 보였지만 실상은 아니었다.

'끄응, 막상 당해 보니 정말 장난이 아닌데.'

왼팔을 저릿하게 만드는 충격을 느끼며 한천은 감탄을 금치 못했다. 항상 아군으로만 함께했기에 단엽의 주먹에 추풍낙엽처럼 휩쓸리던 그들이 느꼈을 고통을 이제야 제대로 체감할 수 있었다.

그리고 상대에게 감탄하고 있는 건 단엽 또한 마찬가지였다.

'움직임이 예측하기 어렵군.'

한천의 움직임을 직접 눈으로 확인까지 하고 방비했다. 그런데 그 속도나 공격을 들어오는 방향이 예상과는 조금씩 차이를 보인다.

그 때문에 단엽은 방금 전 격돌에서 볼에 자그마한 상처를 입게 됐다.

실처럼 얇은 상처에서 피가 주르륵 흘러내렸다.

서로에게 조금씩 실력을 내보인 상황.

하지만 이것으로 갈증이 해소될 리 만무했다.

단엽의 몸 주변으로 붉은색의 기운이 무서울 정도로 빠르게 뿜어져 나오기 시작했다.

우드드드!

동시에 연무장 바닥을 이루고 있던 돌들이 그를 기점으로 하여 거미줄처럼 금이 가기 시작했다. 밀려드는 강렬한 기운, 그것과 마주한 한천 또한 내력을 끌어올렸다.

스윽.

몸을 낮춘 한천의 주변으로 날카로운 기운이 무형의 칼날이 되어 빙글빙글 돌기 시작했다.

퓨퓨퓨퓨!

들려오는 바람을 가르는 소리에 단엽의 입꼬리가 저절로 올라갔다.

한천의 몸 주변에 피어오른 무형의 기운.

그 기운으로부터 풍겨져 나오는 기세가 보통이 아니었기 때문이다.

지지 않겠다는 듯이 단엽의 몸 주변으로 퍼져 나가던 힘이 그의 주먹으로 몰려들기 시작했다.

지진이 난 것처럼 바닥이 울려 댔고, 단엽의 몸 또한 가볍게 떨려 왔다.

순간 한천의 몸 주변을 맴돌고 있던 무형의 기운들이 단엽을 향해 날아들었다.

피잉! 핑!

귀를 울리는 소리에 반응하듯 단엽은 곧장 바닥을 박차고 허공으로 몸을 띄었다. 동시에 그의 주먹에 담긴 붉은 불꽃들이 꿈틀거리기 시작했다.

열화신공 일초식, 열화낙뢰였다.

단엽의 주먹에서 수많은 불꽃들이 유성우처럼 쏟아져 나갔고, 그것들은 날아드는 무형의 기운과 한천을 향해 쉼 없이 쏟아져 내렸다.

일부의 기운들은 서로 충돌하며 사라졌지만, 그 외의 것들은 기다렸다는 듯 상대방을 덮치고 들어갔다.

단엽은 모두 밀쳐 내겠다는 듯 호신강기를 불러일으킨 주먹으로 날아드는 무형의 기운을 모조리 주먹으로 쳐 내기 시작했다.

그런데…….

쩌엉!

주먹으로 후려치는 순간 골이 울릴 정도의 충격이 전신

을 휩쓸었다. 그렇지만 그것에 놀라고 있을 여력이 없었다. 곧장 이어져 들어오는 또 다른 공격들이 있었으니까.

"웃!"

놀란 그가 다급히 숨을 들이켜며 황급히 손을 움직였다. 하지만 몇 개를 더 쳐 내다가 결국 균형을 잃은 단엽은 이어지는 공격에 휩쓸리며 그대로 연무장 바닥에 틀어박힌 채 쭉 밀려 나갔다.

콰드드득!

바닥에 있는 돌과 흙들을 양쪽으로 밀쳐 내며 처박힌 단엽.

양발로 버티고 서 있긴 했지만, 그 위력이 얼마나 강했는지 몸이 계속해서 뒤로 밀려 나간 것이다.

밀려 나가던 몸을 간신히 멈춰 세운 단엽이 히죽 웃었다.

'한천. 역시 날 실망시키지 않는군.'

균형을 잡고 응시한 전방에는 비슷한 상태에 처한 한천이 자리하고 있었다.

그 또한 밀려드는 열화낙뢰의 초식을 검으로 받아 내긴 했지만, 마찬가지로 무지막지하게 밀려나며 연달아 공격을 펼치지 못했던 것이다.

단엽이 곧장 몸을 움직였다.

부웅!

거리를 좁히고 들어간 단엽의 주먹이 번개처럼 움직였다. 얼굴을 노리고 날아든 공격을 옆으로 움직이며 가볍게 피해 낸 한천은 곧바로 팔꿈치를 들어 단엽의 가슴을 후려쳤다.

파앙!

허나 단엽 또한 이미 방비를 하고 있었고, 그 때문에 공격은 무위로 돌아갈 수밖에 없었다. 순간 한천의 표정이 굳었다.

'이런.'

가까워진 거리.

거기다가 한천은 오래전에 망가진 오른팔을 거의 사용하지 못했다. 보통 수준의 상대라면 모를까 단엽을 상대로 하면서 망가진 오른팔로 공격을 받아 내거나, 한다는 건 전혀 의미가 없는 짓이었다.

그러한 상황에서 팔꿈치를 내뻗은 것이었고, 그걸 단엽은 막아 냈다.

그 말은 곧 순간적으로 지금 한천이 양손을 사용하기 어려워졌다는 의미였다.

순간 옆쪽에서 단엽의 반대편 주먹이 날아들었다.

그리고 이번엔 피할 수 없다는 걸 직감한 한천은 재빠르게 다음 움직임을 가져왔다.

뒤로 물러나 피하려고 하다가는 오히려 더 큰 타격을 입을 수도 있었다. 그랬기에 한천은 오히려 단엽에게 안기듯 더욱 깊숙이 파고들었다.

그의 발이 강하게 땅을 밟았고, 어깨로 단엽의 가슴을 밀치듯 쳐 냈다.

쿠웅!

땅을 밟는 묵직한 소리와 함께 펼쳐 낸 공격.

거의 동시에 단엽의 주먹이 한천의 얼굴을 가격했다.

순간 한천의 입에서 피가 터져 나왔다.

하지만 그 와중에서도 한천은 단엽을 밀어내며 생겨난 공간을 허투루 흘리지 않았다. 순간 그의 검이 빠르게 허공을 갈랐다.

한천의 어깨에 밀리면서 가슴 쪽에 충격을 입었던 상황.

그런데 그 고통을 채 느끼기도 전에 한천의 검에서 뿜어져 나온 강기 가닥이 단엽을 노리고 날아들었다.

"흐아압!"

단엽은 곧바로 주먹을 높게 치켜들며 날아드는 강기를 그대로 내려쳤다. 두 개의 힘이 충돌하는 순간 큰 폭발이 일었다.

콰앙!

워낙 지근거리에 있던 두 사람이었기에 약속이라도 한 것처럼 동시에 반대 방향으로 튕겨져 나갔다.

커다랗게 터져 오른 폭발.

그 폭발의 잔재 속에서 두 사람이 동시에 모습을 드러냈다.

서로를 향해 몸을 날리던 둘은 반대편 연기 속에서 상대방의 모습이 드러나자 일순 움찔했다.

둘 모두가 동시에 투지를 불태우며 달려드는 상황에 놀랐던 것이다. 허나 이내 상대를 향해 달려드는 둘의 입가에는 누가 먼저라고 할 것도 없이 미소가 번졌다.

죽고 죽이는 싸움이 아니다.

그저 오랫동안 한번 싸워 보고 싶었던 상대와 겨뤄 보는 것뿐.

어쩌면 그저 비무에 불과한 이러한 대결에 왜 이리도 심장이 뛰는지 이해할 수 없을 지경이었다.

한천이 눈을 빛내며 상대의 움직임을 쫓았다.

'오너라!'

쇠망치를 연상케 하는 단엽의 주먹이 연신 날아들었다.

쾅쾅쾅!

땅이 박살 나고, 주변에 있던 모든 것들이 휩쓸려 사라진다.

그리고 그런 단엽의 움직임에 대항하듯 유령처럼 움직이는 한천의 검이 주변의 모든 걸 베어 넘겼다.

스스스슥!

뿜어져 나온 검기 가닥들이 바닥을 어지럽혔고, 수십 합의 공격들이 서로를 향해 쉼 없이 쏟아져 나왔다.

피어올랐던 연기가 가라앉을 무렵 두 사람의 몸이 서로의 반대편에서 모습을 드러냈다.

"차앗!"

기운찬 고함 소리와 함께 한천의 검이 요동쳤다.

순간 바닥이 마구 솟구쳐 오르며 단엽을 옥죄고 들어갔다. 동시에 강기가 그를 향해 무서울 정도로 맹렬하게 밀려들었다.

자신을 향해 날아드는 공격을 보며 단엽이 버럭 소리를 내질렀다.

"어딜!"

단엽이 깍지를 낀 양손을 번쩍 추켜올렸다가 곧장 바닥을 향해 내려쳤다.

콰앙!

순간적으로 땅이 비틀리더니, 이내 안쪽에 있던 것들이 밀려져 올라왔다. 마치 순간적으로나마 둘 사이에 산이라도 생긴 것처럼 높은 방패막이가 생겨 버린 것이다.

허나 그 방패조차도 한천의 강기와 충돌하자 파도에 휩쓸린 모래성처럼 순식간에 무너져 내렸다.

커다랗게 치솟았던 지형이 무너지며 자연스레 주변으로 어지럽게 흩어져 내렸다.

쏟아져 내리는 흙과 돌무더기 사이에서도 둘의 격돌은 멈추지 않았다.

콰앙! 쾅!

서로를 향해 연달아 공격을 몰아치던 두 사람의 몸이 사정없이 바닥을 나뒹굴었다.

바닥은 계속해서 터져 나갔고, 하늘 위에서도 단엽이 쏘아 내린 열화신공의 기운들이 비처럼 쏟아졌다.

밀려드는 열화신공의 사이로 한천이 달려들었다.

파앗!

단엽은 날아드는 검을 권갑을 낀 손으로 재빠르게 잡아챘다. 그의 움직임을 막았다고 생각한 단엽은 곧장 반대편 주먹을 움직였다.

그리고 그 순간 단엽은 움찔했다.

손에 쥐고 있던 검에서 갑자기 생각지도 못한 힘이 뿜어져 나왔기 때문이다.

검날을 쥐고 있던 손바닥을 통해 밀려드는 충격.

동시에 단엽의 몸 안으로도 묵직한 힘이 밀려들어 왔다. 순간 그의 입에서 피가 뿜어져 나왔다.

푸웃!

순간적으로 느슨해진 힘.

한천이 단엽의 손에 잡힌 검을 뽑아내려 할 때였다. 단엽이 곧장 반대편 손을 휘두르며 한천의 가슴을 강하게 후려 쳤다.

퍽!

"으으윽!"

뒤로 밀려난 한천의 얼굴이 붉게 물들었다.

일진일퇴의 공방전이 이어져 가던 그때 단엽이 먼저 승부수를 던졌다.

그가 피에 젖은 입가를 닦아 내며 소리를 내질렀다.

"으아아아! 더 재미있게 놀아 보자고, 한천!"

발을 구르며 소리를 내지른 단엽.

그 순간 그의 주변을 맴돌고 있던 붉은 기운들이 갑자기 촛불처럼 꺼졌다, 켜졌다 하며 점멸을 반복했다. 그렇지만 신기하게도 그건 힘이 약해지는 느낌이 아니었다.

오히려 한 번 사라졌다 나타날 때마다 단엽의 몸 주변에 퍼져 있던 기운들은 더욱 강해져 가고 있었으니까.

열화신류구천아(熱火神流九川牙).

열화신공의 다섯 번째 초식인 열화신류구천아는, 아홉 개의 불기둥이 뿜어져 나와 개천을 연상케 할 정도의 커다란 구덩이를 만들어 버리는 초식이었다.

그 파괴력은 앞에 초식들을 훨씬 상회했다.

여태까지 펼친 적 없는 무공을 준비하는 단엽의 모습에

서 한천은 심상치 않음을 느꼈다.

밀려드는 기운이 보통이 아니었다.

'……그냥은 무리다.'

평상시 자신이 사용하는 무공만으로는 막아 낼 수 없는 기운이 뿜어져 나왔다.

그랬기에 한천 또한 선택을 해야만 했다.

고민은 찰나였고, 결국 그는 마음의 결정을 내렸다.

단엽이 걸어오는 싸움에 응하기로 말이다.

여전히 좌수검이긴 했지만, 그의 자세가 조금 변했다.

스읏.

변해 버린 자세, 동시에 그에게서 풍겨져 나오는 분위기 또한 변했다. 그의 검에서 금빛의 기운이 피어올랐다.

오랫동안 사용하지 않았던 무공.

바로 황궁의 무공이었다.

'대장군부 비전 절기, 금무강살기(金霧罡煞氣).'

왼손으로 이 무공을 펼친다는 것 자체가 뭔가 어색했지만, 어차피 지금 단엽의 공격을 받아 낼 만한 무공들은 모두 우수검을 쓰던 시절에 사용했던 것들이다.

한천의 검 주변에서 피어올랐던 금빛 기운들이 고리 모양으로 변해 가는 그때였다.

멀찍이 떨어져 둘의 대결을 말없이 바라보고만 있던 천

무진의 표정이 꿈틀했다.

'설마 저 무공은…….'

천무진의 얼굴에 놀란 듯 표정 변화가 생긴 바로 그 찰나.

단엽의 주먹으로 모든 힘이 몰려들었다.

부우웅!

뒤로 뻗어진 주먹이 이윽고 전방을 향해 내뻗어졌다. 그 순간 연무장의 바닥이 사정없이 찢겨져 나갔고, 동시에 주먹에서 뿜어져 나온 불 회오리가 순식간에 갈라지며 그 엄청난 위용을 드러냈다.

우우우우웅!

천하를 울리는 소리.

아홉 개로 나뉜 불 회오리가 마치 집어삼킬 듯이 한천을 향해 날아들었다.

사실 단엽이 새로운 무공을 펼치려는 찰나 천무진은 슬슬 이 싸움을 말려야 하나 생각했다. 허나 그가 막지 않았던 건 한천의 검에 피어올랐던 바로 그 금색 고리들 때문이었다.

만약 이것이 천무진 그가 생각하는 무공이 맞는다면…….

아홉 개의 불 회오리가 한천을 집어삼키려는 그때였다.

한천이 갑자기 검을 높게 치켜들었다.

그리고 검날을 감싸고 있던 고리 모양의 금빛 기운들이 순식간에 넓어지며 주변으로 퍼져 나갔다.

그렇게 두 개의 힘이 충돌하는 순간.

부아아앙! 콰아앙!

이미 멀리 떨어져 있던 천무진과 백아린조차도 서둘러 더욱 거리를 벌려야 할 정도로 어마어마한 후폭풍이 밀려들었다.

펄럭이는 옷자락, 동시에 주변으로 퍼져 나가는 충격파까지.

두 개의 힘이 충돌하고 잠깐이나마 시간이 흘렀음에도 불구하고 아직도 인근의 모든 것들은 그 충격에서 완전히 벗어나지 못했는지 잘게 떨리고 있었다.

그 전부터 둘의 격돌로 조각조각 나기 시작했던 연무장이다.

그렇지만 이렇게 둘의 절초가 충돌한 지금 더는 이곳을 연무장이라 부를 수 없게 되어 버렸다.

그곳엔…… 연무장을 연상케 할 그 어떠한 것도 남아 있지 않았으니까.

그저 피투성이가 된 채로 헐떡이면서도 서로를 바라보며 웃고 있는 두 명의 사내가 있었을 뿐.

                    *   *   *

   단엽은 피투성이가 된 얼굴을 소매로 가볍게 쓸어내렸다.

   그의 심장은 지금 미칠 듯 요동치고 있었다.

   방금 전 한천이 펼쳤던 무공.

   금빛 고리가 은은하게 퍼져 나가며 자신이 펼쳤던 절초
인 열화신류구천아를 무위로 돌려 버렸다. 열화신류구천아
가 어떠한 초식인가.

   과장 하나 보태지 않고 지금 펼쳐 낸 이번 공격 하나로
일개 중소 문파 하나 정도는 충분히 박살을 낼 수 있다 자
신할 만큼 위력적인 초식이었다.

   내공의 소모 또한 꽤나 심해서 중원에 이보다 파괴적인
초식이 얼마나 될까 자부할 정도의 공격.

   그런데 한천은 그걸 받아 냈다.

   그리고 이후 서로를 향해 밀려든 무시무시한 충격. 서로
의 온전한 힘을 마주한 상황이었기에 단엽은 한천의 힘을
더더욱 체감할 수 있었다.

   강하다고 생각했다.

   언제나 싸워 보고 싶었던 상대다.

   그리고…… 한천은 그런 자신의 기대에 어긋나지 않는
사내였다.

그랬기에 즐거웠다.

이런 상대와 싸울 수 있는 지금이. 그리고 이토록 매력적인 무인이 자신이 지기라는 사실도.

그리고 상대의 강함을 뼈저리게 느끼고 있는 건 한천 또한 마찬가지였다.

피투성이가 된 채로 서로를 향해 웃고 있다는 것, 그거 자체가 서로의 실력에 한껏 빠져 있기에 가능한 일이었다.

두 사람이 그렇게 무인으로서 마주하고 있는 동안 천무진의 머리는 복잡해졌다.

단엽과 한천의 대결은 단순히 비무 수준으로 볼 수 있는 상황이 아니었다.

둘의 비무가 막 가열되기 시작했을 뿐인데 마교 내부에 있는 연무장 하나가 아예 박살이 나다시피 사라졌다.

그나마 조용히 무공에 열중할 수 있도록 특별히 소교주 쪽에서 신경 써 배정해 준 곳이라 이런 소란에도 불구하고 큰 문제는 없었지만…….

천무진이 슬슬 어떻게 해야 하나 의견을 나누기 위해 백아린에게 시선을 주는 사이, 피에 젖은 이를 드러내며 웃고 있던 두 사람이 서로를 향해 달려들었다.

번쩍!

순식간에 치솟은 단엽의 주먹에서 광풍이 휘몰아쳤다.

콰드득!

동시에 연무장 한쪽 바닥이 아예 으깨지듯 터져 나갔
다.

그리고 뻗어져 나간 그 충격파는 연무장 외벽까지 영향
을 미쳐 그곳마저도 가루로 만들어 버렸다.

허나 이미 그 자리에 있었던 한천은 빠르게 빠져나간 상
태였다.

그의 손에 들린 검이 요동쳤다.

촤르륵.

손바닥 위에서 맹렬하게 회전하는 검이 민첩하게 앞으로
뻗어져 나왔다. 기다렸다는 듯 그의 검로를 따라 내공이 폭
발했다.

콰콰콰쾅!

검의 잔상들이 뿜어졌고, 그곳은 마치 수십여 개의 폭탄
이라도 떨어져 내린 것처럼 폭발했다.

터져 나온 굉음과 솟구쳐 오르는 흙먼지.

그 사이에서 단엽이 몸을 드러냈다.

파앙!

권갑을 낀 채로 밀려드는 주먹을 한천은 검으로 막아 냈
다. 두 사람의 몸이 뒤엉킨 상태로 뒤로 마구 밀려 나갔다.

좁혀진 거리!

순식간에 단엽이 한천을 노리고 소나기처럼 주먹을 퍼부었다.

허나 이건 단순한 주먹질이 아니었다. 강력한 내공이 실린, 한 방 한 방이 뼈를 부술 정도로 파괴적인 공격이었다.

한천이 그것을 검으로 막아 낼 때마다 주변으로 퍼져 나가는 충격파는 지금 단엽의 공격이 얼마나 강한지를 말해 주고 있었다.

연달아 터져 나오는 강렬한 공격.

한천은 입술을 꽉 깨물었다.

왼손으로 밀려드는 고통으로 인해 점점 손아귀에 힘이 모자란다는 느낌이 들어서다.

결국 가까스로 막아 내던 한천의 몸이 뒤로 밀려 나가떨어졌다.

쿵!

바닥에 처박혔던 한천은 자신을 향해 달려드는 단엽의 모습에 재빠르게 땅을 박차고 회전했다.

'거리를 주면 안 돼.'

단엽의 박투술을 근거리에서 받아 내기에 왼손 하나는 무리였다.

재차 휘두르는 주먹을 막아 내면서 황소처럼 달려들던 단엽의 가슴을 발로 밀쳐 낸 한천이 자신에게 유리한 간격을 잡기 위해 재빠르게 뒤로 움직였다.

순식간에 거리를 벌린 한천은 슬쩍 자신의 왼손을 내려 다봤다.

'……망할.'

크게 티가 나지는 않았지만 지금 그의 왼손은 미세하게 떨리고 있었다.

당연한 결과다.

왼손 하나로 단엽의 공격을 그리 받아 냈으니 무리가 가지 않았다면 오히려 이상한 일이었다.

슬며시 떨리는 자신의 손을 바라본 한천에게서 자조 섞인 미소가 흘러나왔다.

오른손이 망가진 채로 십수 년을 보내 왔다.

한천은 그 긴 시간 동안 단 한 번도 오른손으로 검을 쥐지 못한다는 점이 싫었던 적은 없었다. 비록 무인으로서 오른손을 사용하지 못하게 되었다 해도, 그로 인해 자신은 새 삶을 얻게 되었으니까.

거기다가 다친 오른손으로 식사 같은 간단한 행동 정도는 할 수 있으니 크게 문제 될 일도 없다 생각하며 지내 왔다.

헌데…… 지금 한천은 처음으로 자신의 오른손이 엉망인 것이 안타까웠다.

보다 나은 상태였다면, 지금 눈앞에 있는 이 단엽이라는 사내와 더욱 좋은 대결을 펼칠 수 있었을 거라는 생각에서 나온 아쉬움이었다.

그리고 아주 오랜만에 더욱 강해지고 싶다는 욕망 또한 꿈틀거렸다.

무공에 대한 순수한 열의를 지니고 있는 단엽과의 싸움으로 인해 그간 잠들어 있던 무인으로서의 본능이 깨어 나오고야 만 것이다.

생각이 거기까지 미치자 한천의 몸에서 풍겨져 나오는 기운에도 미세한 변화가 보이기 시작했다.

스스스.

몸 주변으로 퍼져 나오는 음산한 분위기.

거기다가 표정 또한 점점 변해 가고 있었다.

한천에게서 풍겨져 나오는 분위기가 달라졌다는 사실은 그와 마주하고 있는 단엽이 가장 먼저 알아차렸다.

한천의 서늘해진 시선에서 느껴지는 날카로운 기운 때문이었을까.

단엽은 자신도 모르게 주먹을 불끈 쥐었다.

손바닥을 통해 느껴지는 묘한 긴장감.

분명 방금 전까지만 해도 이 대결에 충분히 만족하는 중이었다.

허나 지금 돌변한 한천의 기세를 보는 순간 단엽은 더욱더 많은 것에 욕심을 느낄 수밖에 없었다.

더욱 강해진 그와 싸워 보고 싶다.

그 상상만으로도 단엽은 너무나 즐거워 미칠 것만 같았다.

'……어이 대체 날 어디까지 즐겁게 해 주려고 이러는 거야.'

단엽이 주먹을 들어 올렸다.

두근두근!

미칠 듯 뛰는 심장 소리.

모든 것이 좋았다.

단 하나 걱정되는 것이 있다면…… 과연 이 싸움을 멈출 수 있을까?

하지만 지금은 그런 것 따위 알고 싶지 않았다.

눈앞에 있는 한천이라는 사내. 이 한 명에게 오롯이 모든 걸 집중하고 싶었으니까.

순간 한천의 몸 주변으로 아까처럼 금빛 기운이 흘러내리기 시작했다. 그러자 기다렸다는 듯 단엽 또한 자신의 열화신공을 극성까지 끌어올리기 시작했다.

두두두두!

두 사람이 서로를 향해 기운을 뿜어내는 것만으로 주변의 것들이 흡사 겁이라도 먹은 것처럼 떨기 시작했다.

차갑게 식어 버린 한천의 얼굴.

그리고 반대로 광기에 젖은 듯 웃고 있는 단엽의 모습까지.

둘이 동시에 서로를 향해 달려들었다.

콰앙!

커다란 폭발이 일면서 둘은 함께 밀쳐져 나갔다. 동시에 단엽의 주먹이 한천을 후려쳤고, 기다렸다는 듯 한천의 검도 그를 스쳐 지나갔다.

둘의 몸이 뒤엉키며 서로에게 파괴적인 일격을 쏘아 냈다.

그렇게 반대편으로 밀려 나간 두 사람은 동시에 피를 쏟아 냈다. 하지만 이 정도 타격으로 둘의 공방을 멈출 수는 없었다.

서로를 향해 고개를 치켜든 두 사람이 이내 다시금 상대를 향해 달려들었다.

금빛 기운이 하늘을 향해 치솟았고, 붉은 열기는 천하를 뒤덮었다.

우우우웅!

모든 걸 박살 내려는 듯 서로를 향해 달려드는 두 사람의 눈동자에는 오로지 상대방만이 가득했다.

서로 거리를 빠르게 좁혀 들어가는 바로 그때였다.

싸움을 조용히 바라보고만 있던 천무진과 백아린이 동시에 서로의 얼굴을 확인했다. 그러고는 아무런 대화를 주고받지 않았음에도 불구하고 약속이라도 한 듯 앞으로 튀어 나갔다.

백아린의 손에 번개처럼 대검이 뽑혀져 나왔다.

그리고 천무진 또한 빠르게 손바닥에 내력을 끌어모았다.

두 사람이 격돌하려는 단엽과 한천의 사이에 모습을 드러냈다.

백아린의 대검이 움직이려는 한천의 검을 막아 냈다.

카앙!

그리고 날아들려던 단엽의 주먹을 천무진이 손바닥으로 받아 냈다.

퍽!

공격을 받아 낸 천무진과 백아린은 서로 등이 맞닿을 때까지 뒤편으로 밀려 나갔다.

그렇게 멈추어 선 네 사람.

천무진이 단엽의 주먹을 손바닥으로 쥔 채 천천히 입을 열었다.

"비무는 여기까지."

"……."

천무진의 말에 단엽은 아무런 대꾸도 하지 않았다.

왜 싸움을 말렸냐며 길길이 날뛸 것을 예상했던 천무진으로서는 생각지 못한 반응이었다.

순간 의아했지만 이내 천무진은 알 수 있었다.

'……스스로는 멈출 수 없는 싸움이었던 건가.'

서로에게 너무 흠뻑 빠져 다른 누가 개입하지 않았다면 스스로는 멈출 수가 없었고, 결국 끝까지 가게 되었을지도 모르는 비무였었던 게다.

백아린은 피투성이가 된 채로 서 있는 한천을 향해 걱정스레 물었다.

"부총관 괜찮아? 그러니까 내가……."

말을 하던 백아린이 움찔했다.

그의 눈빛에서 뜨거운 열기가 느껴져서였다. 한천에게서 이런 눈빛을 본 것이 언제였던가?

기억조차 잘 나지 않는, 아주 오래전뿐이었다.

두 사람의 사이에 천무진과 백아린이 자리하고 있었거늘, 신기하게도 그 둘은 오로지 서로만을 바라보고 있었다.

천무진이 막 입을 열었다.

"상처 치료부터……."

"한천!"

순간 버럭 소리를 내지른 단엽이 천무진의 옆을 빠르게 스쳐 지나가며 한천에게로 다가갔다. 그리고 그건 한천 또한 마찬가지였다.

그도 백아린의 옆을 지나쳐 단엽에게로 다가갔다.

피투성이가 된 두 남자는 그렇게 서로 맞닿는 거리에 마주 섰다.

그리고…….

스윽.

단엽이 왼손을 들어 올려 슬쩍 한천이 있는 방향으로 내밀었다. 왼손을 내미는 그 모습에 한천의 얼굴에 미소가 감돌았다.

"쓸데없이 배려해 주긴."

말과 함께 한천 또한 검을 바닥에 꽂은 채로 자신의 왼손을 내뻗었다.

타악!

두 사람의 손이 허공에서 맞잡혔다.

마치 교차하듯 서로의 손을 부둥켜 잡은 두 사람은 피투성이가 된 얼굴로 상대를 향해 실실 웃어 보였다.

그러고는 이내 단엽은 손을 풀며 자연스레 한천에게 어깨동무를 했다.

엉망이 된 얼굴로 단엽이 입을 열었다.

"역시 너 제법이더라?"

"그건 내가 할 소리인데."

"야 그냥 이 김에 적화신루 나와서 대홍련으로 오지그래. 내가 자리 하나 마련해 줄 테니까."

"급여는?"

"무보수로는 안 되냐?"

"……아, 갑자기 적화신루를 향한 충성심이 물씬물씬 올라오는데."

무보수라는 말에 어깨에 두른 팔을 쳐 내며 딴청을 피워 대는 한천의 모습에 이 둘을 바라보고 있던 백아린조차 헛웃음을 흘렸다.

단엽이 양팔을 하늘로 번쩍 치켜들며 말했다.

"아, 즐거웠다."

말대로 그는 무척이나 기분이 좋아 보였고, 만족스러운 듯 싱글벙글이었다.

이내 단엽이 옆에 있는 한천에게 말을 걸었다.

"몸 회복 잘하고 있으라고. 조만간 기회 되면 또 한 번 놀아 봐야지."

"……그래. 그게 언제가 될지는 모르겠지만. 내가 너무 늙기 전에는 해 보자고."

"뭘 그렇게 먼 미래를 이야기하고 있어. 한 두어 달 정도 후에 어때?"

"그때 우리가 어떻게 붙어. 네가 대홍련으로 돌아가는데."

말도 안 되는 소리 한다는 듯이 웃어넘기는 그때였다.

단엽이 고개를 갸웃하며 말했다.

"어? 내가 말 안 했나? 나 금방 돌아올 건데."

생각지도 못한 그 한마디에 한천은 물론이고 천무진과 백아린 또한 표정을 구겼다.

마치 잘못 들은 게 있는 건 아닐까 하는 표정으로 한천이 되물었다.

"……뭐? 금방 돌아온다니?"

"우선 서둘러 돌아가서 약속대로 련주가 되고 대홍련의 조직을 재편할 생각이야. 내가 없어도 최대한 잘 움직일 수 있도록. 그래야 주인을 돕기에도 용이할 테고. 그렇게 하려고 잠깐 돌아가는 건데."

너무도 태연하게 말하는 단엽의 모습에 한천이 버럭 소리쳤다.

"이 자식이! 그럼 말을 똑바로 해야지!"

"내가 왜?"

"최소 몇 년 이상은 못 볼 사람처럼 굴었잖아."

"난 그런 말 한 적 없는데. 네가 그렇게 생각한 거지."

"아니 최소한 분위기라는 게 있잖아. 그런데 네 모습은 진짜 영영 떠날 것처럼……."

단엽과 최소한 몇 년은 못 볼 거라 생각했던 한천이었다.

그런데 막상 이야기를 들어 보니 단엽은 그리 긴 시간이 지나지 않아 돌아올 계획이었다. 뭔가 그에게 속은 것 같다는 생각에 한천이 한껏 약 올라 하고 있는 그때였다.

　단엽이 입을 열었다.

　"내가 어떻게 여기를 영영 떠나겠냐."

　말을 꺼낸 단엽이 한천을 비롯해서 천무진, 백아린에게까지 시선을 돌렸다.

　그렇게 모두를 한 번 둘러본 단엽이 웃는 얼굴로 말을 이었다.

　"무림에서 제일 재미있는 놈들이…… 여기 다 모였는데."

7장. 진심
— 당신이니까

　단엽이 떠났다.

　한천과의 비무로 생긴 상처들이 채 낫기도 전이었지만 그럼에도 불구하고 그는 서둘러 움직였다.

　하루라도 빨리 가야, 그만큼 일찍 돌아올 수 있다는 이유였다.

　떠나는 와중에도 그는 말했다.

　돌아온다고. 대홍련의 일을 매듭짓고 석 달 안에 돌아오겠다고.

　그 말과 함께 단엽이 사라진 지 어언 이틀 정도가 흐른 지금, 그의 빈자리를 절실히 느끼는 이가 있었으니 바로 한천이었다.

매일 같이 떠들어 주던 단엽이 사라져 버린 탓에 한천은 매 순간이 심심할 지경이었다.

거기다가 백아린이 적화신루에 다녀오기 위해 잠시 자리를 비운 데다, 자신은 부상 때문에 쉬고 있어야 하는 상황. 지루한 건 당연했다.

의자에 걸터앉은 한천이 몸을 뒤로 확 젖힌 채로 중얼거렸다.

"하, 단엽 하나 없다고 엄청 심심하네."

그때였다.

"······부총관은 심심할지 몰라도 난 바쁘거든?"

퉁명스러운 목소리가 흘러나온 건 바로 한천의 맞은편이었다. 그곳에는 천무진이 몇 장의 서찰을 든 채로 안의 내용을 확인하고 있었다.

사실 한천의 맞은편에 천무진이 있는 건 당연한 것이었다. 애초에 이 방 자체가 천무진이 기거하는 장소였으니까.

의자가 쓰러질 듯 몸을 기대고 있던 한천이 갑자기 팔꿈치로 탁자를 짚으며 천무진에게 훅 다가왔다.

"뭐 재미있는 건수라도 있습니까?"

"궁금하면 좀 볼래?"

말과 함께 천무진이 슬쩍 옆에 쌓여 있는 서류들을 들이

밀었다. 그러자 한천이 재빠르게 배를 움켜쥔 채로 신음 소리를 토해 냈다.

"아이고, 갑자기 단엽 그놈한테 당한 상처가 욱신거리네요."

"하여튼 눈치는 빨라 가지고."

일거리의 일부를 넘겨주려 했지만, 눈치 빠르게 빠져나가는 한천의 모습에 천무진이 혀를 내둘렀다.

그런 천무진의 반응에 픽 하고 웃음을 흘렸던 한천이 이내 말했다.

"제가 또 한 눈치 하죠. 여러 가지 의미로 말이지요."

말과 함께 한천은 짓궂어 보이는 표정으로 계속 천무진을 바라봤다. 대놓고 쏘아 보내는 시선을 느낀 천무진이 서류에서 눈을 떼며 자신을 바라보는 한천을 향해 입을 열었다.

"뭘 그렇게 쳐다봐? 할 말 있어?"

"좀 물어보고 싶은 게 있는데…… 해도 됩니까?"

"이미 하려고 입을 연 거 같은데."

천무진의 말에 한천은 어깨를 으쓱하는 걸로 대답을 대신했다. 그의 말대로 이미 말을 하려고 입은 연 건 사실이었으니까.

그리고 이내 한천이 슬그머니 입을 열었다.

"우리 대장이 요새 기분이 좋아 보이더라고요."

"……그래?"

"예. 본인은 잘 모르시는 것 같은데 툭하면 자기 팔목을 보면서 실실 웃고 있더라고요. 뭐가 그리도 좋은지, 원."

슬며시 흘리는 한천의 말에 천무진은 움찔했다.

백아린이 팔목을 보고 웃는다는 말의 의미를 잘 알기 때문이다. 자신이 그녀에게 준 팔찌, 그것을 말하려고 하는 게 분명했다.

한천이 아무런 대꾸도 하지 않는 천무진을 향해 말을 이었다.

"둘 사이에 분위기가 좀 묘한 거 같던데 무슨 일이라도 있는 건 아니지요?"

"……별로."

천무진이 최대한 담담하게 대답했을 때였다.

한천이 손으로 자신의 이마를 팍 치며 눈을 크게 치켜떴다.

"설마 그 이후에 아무 진전도 없는 겁니까? 팔찌까지 선물해 주고?"

한천의 태도에 천무진은 당황스러웠다.

무슨 일이 있을까 염려하는 것이 아니라, 오히려 그 반대로 아무런 일도 벌어지지 않았다는 사실에 충격을 받은 모양새였다.

천무진이 눈살을 찌푸린 채로 물었다.

"꼭 뭔가 일이 있었으면 하는 모양샌데."

"아니, 뭐 꼭 그렇다기보다는……."

대답하기가 애매한지 말끝을 흐린 한천이 자신의 목을 긁적거렸다. 그러고는 이내 재차 질문을 던졌다.

"정말 아무런 일도 없었습니까?"

"없었어."

곧바로 대답한 천무진이 슬쩍 옆으로 시선을 돌리며 말을 이었다.

"……아직까지는."

천무진의 의미심장한 그 한마디에 한천은 그제야 한결 마음 놨다는 듯 안도의 한숨과 함께 고개를 끄덕였다.

그리고 이내 한천이 경고하듯 말했다.

"너무 오래 기다리게 하시면 안 됩니다. 그래 보여도 우리 대장 인기가 보통이 아니거든요."

"그렇게 인기가 많나?"

"당연하죠! 대장 좋다던 사내들을 여기서부터 줄지어 세우면 마교 내성 입구까지는 될 겁니다."

뭐 그런 당연한 질문을 하냐는 듯 받아치는 한천을 보며 천무진은 작게 웃음을 흘렸다. 그의 말투에는 언제나 백아린에 대한 진한 애정이 뚝뚝 흘러넘쳤다.

웃고 있는 천무진의 모습에 한천이 당황스럽다는 얼굴로 말했다.

"아니 지금 제 말을 못 믿으시나 본데……."

"믿어. 나도 알거든. 그녀가 얼마나 매력적인 여자인지."

어찌 모를까.

그녀의 장점은 아름다운 외모뿐만이 아니다.

사람의 아픈 상처를 감싸 안아 주는 그 배려심과 따뜻함. 그러한 그녀의 마음이 고통과 위험에 빠졌던 천무진을 번번이 구해 냈다.

그녀가 있었기에 다시금 사람을 믿을 수 있었고, 진짜 웃음도 되찾을 수 있었다.

조종당했던 삶과, 그 때문에 아무도 믿을 수 없었던 이번 생까지. 그랬기에 자신의 마음은 최대한 드러내지 않고 감춘 채로 살려고 했다.

그런 자신을 어둠 속에서 꺼내 준 여인.

그랬기에 그녀에게만큼은 숨기지 않고 솔직하게 말하기로 마음먹었다.

자신의 마음을.

천무진은 뭐가 그리도 좋은지 웃고 있는 한천을 향해 슬쩍 입을 열었다.

"나도 하나 물어보고 싶은 게 있는데."

"얼마든지 물어보시죠."

백아린에 대한 질문을 할 거라 생각한 한천이 흔쾌히 대답한 직후였다.

천무진이 물었다.

"며칠 전 단엽과의 대결에서 펼쳤던 그거 황궁의 무공 아닌가?"

천무진의 그 한마디에 한천의 눈초리가 흔들렸다.

한천은 놀랄 수밖에 없었다.

'……어떻게 금무강살기(金霧罡煞氣)를 알아본 거지?'

일반적으로 황궁의 무공들은 무림에 거의 알려져 있지 않다. 더군다나 금무강살기는 비전 절기로 특히나 더 비밀에 싸여 있는 무공이다.

그런데 그걸 천무진이 알아본 것이다.

사실 천무진이 금무강살기를 알아본 건 저번 생에서의 경험 덕분이다. 십천야의 조종을 받으며 황궁과 얽힌 일이 있었고 그때 그 무공을 본 적이 있었으니까.

천무진의 물음에 한천은 잠시 침묵했다.

그는 모든 과거를 꼭꼭 숨겨 왔다. 그러던 차에 자신이 감춰 왔던 무공을 드러냈고, 그게 어디에 근간을 둔 것인지 천무진이 알아차렸다.

과거를 드러내고 싶지는 않지만…….

이내 한천이 입을 열었다.

"……용케도 알아차리셨군요. 아무리 천룡성의 무인이
라고 하셔도 알아보실 줄은 몰랐는데 말이죠."

"뭐 어쩌다 보니 그렇게 됐어."

한천의 대답에 천무진은 덤덤하게 답했다.

허나 둘의 대화에는 많은 숨은 진실들이 오고 갔다. 천무
진은 예전부터 궁금해했다.

한천의 정체에 대해서 말이다.

너무도 뛰어난 실력, 그렇지만 무림에 이름이 알려지지
않은 건 물론이거니와 스스로도 정체를 감추고자 하는 걸
알았다.

이미 한 번의 삶을 살며 앞으로 이름을 떨칠 무인들에 대
해서도 미리 알고 있는 천무진이다.

그렇지만 그 기억 속에조차 한천이라는 이름은 없었다.

물론 그 이름들 속에 백아린 역시 없다는 사실에 의문을
가지기도 했었지만, 이제는 안다. 그녀는 적화신루의 루주
였으니까.

훗날 이름을 떨치는 그 고수가 백아린이라는 건 알게 됐다.

그에 반해 한천은 여전히 기억에서 찾을 수 없는 무인이
었다.

어둠 속에서 살다가, 그렇게 또 어둠 속으로 사라질 사내.

그런 한천의 삶에 대해 의문이 있었지만, 이번 대답을 통해 하나 알게 됐다. 그는 황궁과 관련된 인물이었다는 것.

거기다가 이 정도의 실력자라면 황궁에서도 제법 높은 위치에 있었을 것이 분명하다.

황궁에 소속되었던 인물이라는 걸 알게 되자 몇 가지 더 궁금증이 치밀었지만…….

천무진은 자신을 뚫어져라 바라보고 있는 한천에게서 시선을 떼며 손에 들린 서찰을 바라봤다.

갑자기 말을 멈추고 하던 일에 다시금 몰두하는 천무진의 모습에 한천은 의외라는 표정을 지어 보였다.

당연히 질문이 이어질 거라 생각했으니까.

한천이 입을 열었다.

"궁금하신 게 더 있으실 텐데 안 물어보시는 겁니까?"

"말했잖아. 하나만 묻겠다고."

"……그래서 약속대로 하나만 물어보시겠다는 말입니까?"

"그럴까 하는데. 부총관도 그러길 바랄 것 같고."

일부러 더 손에 들고 있는 종이에만 시선을 고정시킨 채로 답하는 천무진의 모습에 한천은 픽 하고 웃음이 흘러나왔다.

자신을 배려하고자 하는 천무진의 마음이 느껴졌기에 한천은 한결 편안한 표정을 지어 보였다.

그러고는 다시금 의자에 몸을 편하게 기댄 채로 입을 열었다.

"더는 안 물어보신다고 하니 저도 그럼 믿고 여기서 조금 더 시간 죽이다가 가겠습니다."

"있을 거면 좀 돕든가."

"아시다시피 제가 환자라."

스스로를 가리키며 말하는 한천을 향해 천무진이 고개를 절레절레 저었다.

그러고는 이내 천무진은 다시 서류들에 집중했다. 그가 한창 마교에서 뒤를 캐고 있는 이들에 대한 내용을 확인하며 고민하고 있을 때였다.

천무진에게 몇 번 대화를 걸어 보다가 대부분을 가볍게 넘기자 조용히 자리만 지키고 있던 한천의 입에서 놀란 듯한 목소리가 흘러나왔다.

"어?"

갑작스럽게 높아진 목소리에 천무진은 슬쩍 고개를 들었고, 그의 시선 끝에는 창 쪽을 바라보고 있는 한천이 있었다.

한천의 시선이 향하는 방향을 따라 자연스레 눈길을 돌

렸던 천무진 또한 의외라는 표정을 지어 보였다.

눈이 오고 있었기 때문이다.

그 순간 한천이 입을 열었다.

"눈이 엄청 내리는군요. 여기선 쉽게 보기 힘든 일인데 말이죠."

겨울이다 보니 눈이 오는 건 결코 특별한 일이 아니었다.

허나 이곳은 광동성이었다.

광동성은 겨울에도 눈이 오는 경우가 많지 않았고, 설령 온다고 해도 이처럼 많은 양이 쏟아지는 일은 극히 드물었다.

세상을 뒤덮을 듯 쏟아져 내리는 하얀 함박눈을 바라보던 천무진이 나지막이 중얼거렸다.

"눈이라……"

멍하니 창밖을 바라보던 천무진이 갑자기 자리에서 벌떡 일어났다.

마찬가지로 내리는 눈을 보고 있던 한천이 놀란 듯 가슴을 쓸어내렸다.

"아니 갑자기 왜 그러십니까?"

"잠깐 나갔다 오지."

"멀쩡히 방 안에 잘 있으시다가 눈이 이렇게 오니까 나가신다고요?"

이해가 안 된다는 듯 물어 오는 그에게 천무진이 답했다.

"할 일이 있어서."

"뭡니까? 혹시 재미있는 거라면 저도⋯⋯."

자리에서 막 일어나려는 그를 천무진이 손을 들어 올려 막았다.

"환자라며. 어딜 따라오려고."

"하하! 그걸 또 기억하시네."

한천이 어색하게 웃을 때였다.

입구에 가서 선 천무진이 문을 열고 바깥으로 나가며 재차 경고했다.

"절대 따라오지 마. 중요한 일을⋯⋯ 매듭지으러 가는 거니까."

*　　　*　　　*

마교에서 얼마 떨어지지 않은 적멱산의 흑록채라는 산채. 그곳에 있는 이들은 얼마 전부터 이곳을 점령한 십천야의 한 명인 매유검으로 인해 바삐 움직여야만 했다.

그가 시키는 대로 필요한 것들을 구해 왔고, 또 만들기도 했다.

현재 흑록채 채주의 거처는 매유검이 쓰고 있었다.

원래 채주였던 상충의 목을 벤 이후부터 이곳에서 매유검의 말을 따르지 않는 자는 단 한 명도 없었다.

압도적인 무위.

그리고 자신의 명령을 제대로 따르지 않는 자는 가차 없이 베어 죽이는 잔혹함까지.

그런 그가 두려워 흑록채의 녹림도들은 시키는 일을 고분고분 따르고 있었다.

그렇게 약 열흘 정도의 시간이 흘러간 후, 마침내 모든 준비가 끝이 났다.

매유검의 명을 따라 일을 진두지휘하던 흑록채의 사내 한 명이 그의 거처로 들어와 머리를 조아렸다.

"시키신 일을 모두 마무리 지었습니다."

"……그래?"

침상에 누워 잠시 눈을 붙이고 있던 매유검이 천천히 몸을 일으켜 세웠다.

사내는 침상에 걸터앉은 채로 아무런 말도 하지 않는 그의 눈치를 살피며 숨죽인 채 명을 기다리고 있었다.

잠시 후 매유검이 말했다.

"끝냈으면 다들 광장으로 모이라고 해. 마지막으로 정리해야 할 일이 남았으니까."

"예, 알겠습니다, 대협."

말을 마친 사내가 서둘러 바깥으로 뛰쳐나갔다.

매유검에게서는 언제나 짙은 살기가 뿜어져 나왔다. 옆에 있는 것만으로도 숨이 막힐 것 같은 엄청난 살기가.

그렇게 수하가 뛰쳐나간 이후였다.

자리에서 일어난 매유검이 다소 구겨진 옷매무새를 바로잡았다.

그러고는 이내 허리에 차고 있는 검에 손을 가져다 대며 슬그머니 입을 열었다.

"준비도 끝이 났겠다 이 일을 아는 자는…… 하나라도 적은 게 좋겠지."

스르릉.

말과 함께 검을 뽑아 든 매유검.

그가 성큼성큼 거처를 걸어 나갔다.

그리고 얼마 되지 않아…… 채주의 거처로 매유검이 돌아왔다.

돌아온 그의 옷은 온통 피투성이였다.

그 피는 다름 아닌 이곳 흑록채 녹림도들의 것이었다. 일을 끝마쳤으니 더는 그들이 필요하지 않았고, 혹시라도 자신의 계획이 새어 나갈 것을 염려해 모두를 죽인 것이다.

털썩.

소리 나게 침상에 걸터앉은 매유검은 옆에 놓여 있는 술병을 들어 올렸다.

벌컥벌컥.

단번에 술병에 담긴 술을 들이켠 그가 곧바로 손을 휘둘렀다.

쨍그랑!

산산조각이 나며 깨어져 나가는 술병.

그 순간 장포 아래에 모습을 드러낸 매유검의 입가가 비틀렸다.

비웃음 가득한 입으로 그가 허공에 대고 말했다.

"천무진, 조금만 기다려라. 곧…… 내가 갈 테니."

*   *   *

마교에 숨어 있던 십천야와 그를 따르는 일부 무인들을 쓰러트린 이후 백아린은 더욱더 바쁜 시간을 보내고 있었다.

거기다가 단엽까지 일행에서 빠져나가 버리니, 그 빈자리를 채우는 것도 문제였다.

단엽이 전면에 나서서 적화신루의 일을 도왔던 건 아니다.

하지만 그는 엄청난 고수였고, 때에 따라 중요한 일에 투입하는 것만으로도 큰 도움이 되었다.

단엽은 대체 불가능에 가까운 존재였기에 그 빈자리를 채우기 위해서는 백아린이 직접 발로 뛰어야만 했다.

거기다가 한천까지 부상을 입는 바람에 그가 처리하던 잡일까지 대부분 백아린이 도맡아 하고 있는 중이었다.

오늘도 여러 가지 일들을 끝내고, 마지막으로 적화신루에 들러 필요한 정보들의 확인까지 끝마친 그녀가 자신의 앞에 놓인 차로 입술을 축였다.

모든 일을 마무리했으니, 슬슬 돌아가야 할 시간.

그녀가 막 자리에서 일어나려고 할 때였다.

"총관님."

다급히 모습을 드러낸 이는 이곳의 지부장 일을 하고 있는 사내였다.

방금 전에 대충 일을 매듭지은 상황에서 그가 다시 나타나자 백아린은 의아한 듯 물었다.

"무슨 일 있어요? 급해 보이는데."

"천룡성 쪽에서 연락이 왔습니다."

"천룡성이요? 천 공자님에게서 무슨……."

천룡성이라는 말에 백아린은 자연스레 천무진을 떠올렸다. 그러자 지부장은 고개를 저으며 입을 열었다.

"그분 사부님의 연락입니다."

"아……."

그제야 백아린은 한결 편안해진 얼굴로 고개를 끄덕였다. 순간적으로 천무진에게서 급한 연락이 온 줄 알고 놀랐는데, 그게 아니라니 다행이라는 생각이 들어서였다.

이내 백아린이 물었다.

"그런데 갑자기 무슨 연락이요?"

"저도 내용은 모르겠습니다만 이 서찰을 전해 달라고 하셨답니다."

말과 함께 지부장은 백아린에게 천운백이 보내온 서찰을 내밀었다. 그리고 그걸 받아 든 그녀는 서둘러 안의 내용을 살폈다.

뭔가 일이 벌어진 게 아닐까 했는데…….

내용을 확인한 백아린은 이내 대수롭지 않다는 듯 고개를 끄덕였다.

서찰에는 그저 추후에 시간이 될 때 백아린과 단둘이 만나 이야기를 나누고 싶다는 내용이 적혀 있었다.

무슨 이야기를 나누고 싶은 건지는 당장에야 알 수 없었지만, 어차피 지금 적화신루는 백방으로 천룡성을 도와 오고 있는 입장이다.

천운백이 자신을 만나고 싶어한다는 것에서 이상한 부분은 없었다.

백아린이 지부장에게 물었다.

"이것 말고 따로 더 보내오신 건 없고요?"

"예, 이 서찰 한 장만 날아왔답니다."

"알겠어요. 전 슬슬 돌아가 보도록 하죠. 오늘 고생하셨어요. 지부장님. 아까 말씀드렸던 마교 내부의 정보들이 들어온다면 곧바로 연락 주시고요."

"예, 그리하겠습니다."

그렇게 대화를 마친 백아린은 자리에서 일어났다.

필요한 몇 장의 서찰을 품속에 넣은 그녀는 곧장 바깥으로 걸어 나갔다. 문을 열며 바깥으로 걸음을 옮기려던 백아린이 움찔하며 눈앞에 펼쳐진 광경을 바라봤다.

길게 펼쳐진 길.

그리고 그 길 위를 가득 채운 새하얀 눈까지.

그녀는 놀란 듯 하늘을 올려다봤다.

이미 발목까지 빠질 정도로 눈이 쌓여 있는 상황인데도 하늘에서는 쉼 없이 새하얀 함박눈이 쏟아져 내리고 있었다.

백아린이 말없이 손을 내밀었고, 손바닥 위로 새하얀 눈송이가 앉았다가 이내 사르르 녹아내렸다.

그녀가 신기하다는 듯이 중얼거렸다.

"눈이네."

눈이 잘 오지 않는 이곳 광동성에 이 같은 폭설이라

니…… 아마 십 년에 한 번 있을까 말까 한 일일 게다.

잠시 눈이 쏟아지는 하늘을 올려다보던 백아린이 천천히 앞을 향해 시선을 돌릴 때였다.

쏟아지는 눈길 속에서 익숙한 한 사내가 걸어오고 있었다.

상대를 확인한 백아린은 순간 자신이 잘못 본 건가 하는 생각에 슬쩍 눈을 감았다 떴다. 하지만 그녀가 본 상대의 모습은 사라지지 않았다.

오히려 거리가 가까워진 만큼 더욱 또렷하게 두 눈에 들어와 박혔다.

그녀의 눈을 가득 채우고 있는 상대.

그건 바로 천무진이었다.

'잘못 본 게 아니야.'

헛것이 아니라는 걸 알자마자 백아린은 서슴없이 쏟아지는 눈 속으로 뛰어들었다.

저벅, 저벅.

걸어오는 천무진의 걸음과, 그런 그를 향해 다가가는 백아린의 걸음.

두 사람의 발이 움직이는 대로 새하얀 눈길 위에는 반대편에서 서로를 향해 나아가는 발자국들이 선명하게 새겨졌다.

그렇게 두 개의 발자국이 만나는 순간…….

"일은 끝났어?"

천무진은 자신의 바로 앞까지 다가와 멈추어 선 백아린을 내려다보며 천천히 입을 열었다. 그의 질문에 백아린은 고개를 끄덕였다.

그녀가 물었다.

"갑자기 여기까지 오다니 혹시 무슨 일 있어요?"

백아린의 목소리에는 걱정이 가득했다.

그리고 눈동자에서도 천무진을 염려하는 빛이 역력했다. 그런 그녀와 시선을 마주치고 있던 천무진이 픽 웃으며 고개를 저었다.

"아니, 아무런 일도 없어."

"그런데 왜 여기에…….'

"왜긴."

말과 함께 천무진은 손을 뻗어 백아린의 어깨에 쌓인 눈을 가볍게 털어 줬다. 그의 행동에 놀란 그녀가 눈을 크게 뜬 채로 바라보고만 있을 때였다.

천무진이 말을 이었다.

"당신 데리러 왔지."

"……저를요?"

되묻는 백아린을 향해 천무진은 고개를 끄덕였다.

천무진이 몸을 돌리며 말했다.

"돌아가자. 쉽게 멈출 눈은 아닌 것 같은데."

말을 끝낸 천무진은 백아린이 무슨 대답을 하기도 전에 곧장 걸음을 옮기기 시작했다.

자신을 데리러 왔다는 천무진의 말에 잠시 놀랐던 그녀가 빠르게 뒤로 따라붙었다.

천무진의 등 뒤로 다가간 백아린이 살짝 미소 지었다.

기분이 나쁠 리가 없었다.

다른 사람도 아닌 천무진이 자신을 데리러 눈길을 헤치고 와 줬다. 그 하나만으로도 백아린은 얼굴에 피어오른 미소를 감추기 어려울 정도로 기분이 좋아졌다.

그렇게 백아린이 막 천무진의 옆으로 나란히 서려고 할 때였다.

스윽.

자신의 걸음보다 조금 빠르게 나아가는 천무진의 행동에 백아린이 멈칫했다.

따라잡으려고 하면 어렵지 않게 옆으로 갈 수도 있었지만······.

'뭐지?'

백아린은 의아했다.

천무진 정도 되는 무인이 자신이 옆으로 다가서려 한다

는 걸 모를 리가 없었다. 그런데도 불구하고 오히려 한 걸음 더 나아가며 속도를 높였다.

마치 나란히 걷지 않으려는 것처럼 말이다.

천무진의 그 작은 행동에 백아린은 순간 마음 한편이 아렸다. 마치 자신을 밀어내는 것만 같다는 생각이 들었으니까.

그런데…….

스윽, 슥.

말없이 그의 뒤를 쫓던 백아린은 천무진의 행동에서 수상쩍은 부분을 발견할 수밖에 없었다.

자신이 옆에 붙지 못하도록 빠르게 걸어 나가면서, 발로는 연신 바닥을 쓸어 대고 있었다. 그 때문에 천무진의 빠른 걸음걸이에 비해 나아가는 속도는 평범한 정도였다.

순간적으로 왜 이런 행동을 하나 고개를 갸웃했지만, 이내 그가 발로 바닥에 쌓인 눈을 옆으로 밀어내고 있다는 사실을 깨달았다.

백아린이 물었다.

"지금 뭐 해요?"

"뭐가?"

"번거롭게 왜 바닥을 쓸면서 다니나 해서요. 어차피 지금도 이렇게 눈이 내려서 곧 다시 쌓일 텐데……."

그 말에 천무진이 답했다.

"당신 옷이 젖을까 봐."

그 한마디에 뒤를 쫓아 걷던 백아린은 움찔할 수밖에 없었다. 그리고 놀랍게도 천무진의 그 말에 조금이나마 섭섭했던 마음이 눈 녹듯 사라졌다.

백아린이 아무런 말도 하지 않자 천무진이 말을 이었다.

"옷도 얇게 입고 다니잖아. 젖기까지 하면 어떻게 하려고 해. 거기다가 길도 미끄럽고."

그 말까지 듣는 순간 백아린은 그대로 멈춰 섰다.

그리고 그녀의 움직임을 알아챈 천무진 또한 걸음을 멈추고는 몸을 돌렸다.

그 자리에 서서 자신을 바라보는 백아린을 향해 천무진이 입을 열었다.

"왜 그래?"

자신을 향하는 천무진의 목소리를 들은 백아린이 힘겹게 입을 열었다.

"……저 무인이에요."

"알아."

"마음만 먹으면 하늘도 훨훨 날 정도로 실력도 좋다고요."

"그것도 알아."

"그런데도…… 제가 걷기 편하게 눈을 쓸어 주는 거예요?"

"응."

"……왜요?"

물어 오는 백아린의 목소리는 떨려 왔다.

그녀의 질문에 천무진이 답했다.

"그 길을 걷는 게 당신이니까."

수많은 의미가 내포된 말, 그리고 그 안에는 백아린이 듣고 싶었던 모든 것이 담겨 있었다.

하지만 그래도 백아린은 듣고 싶었다.

보다 확실한 그의 마음을.

그랬기에 물었다.

"지금 그 말이 무슨 의미인지 정확히 말해 줘요."

단도직입적으로 다가오는 백아린의 모습.

그리고 천무진 또한 그런 그녀의 마음을 피하고 싶지 않았다.

인생을 살며 깨달았다.

특히나 조종을 당하면서 인형 같은 비참한 삶을 살며 뼈저리게 깨닫게 된 사실이 하나 있었다.

기회는 언제나 있는 게 아니라는 것.

지금 할 수 있다고 해서 추후에도 같을 수는 없었다. 정말 작은 한마디라고 할지언정 그걸 할 수 없게 되는 때가 올 수도 있다는 걸 알게 됐다.

그랬기에 해야만 했다.

할 수 있을 때, 그리고 자신의 마음이 움직이고 있는 이때.

백아린과 마주한 천무진의 눈동자는 한 치의 흔들림도 보이지 않았다.

서로를 바라보는 그 상태로 천무진이 입을 열었다.

"내가 당신을 마음에 담았다는 의미야. 좋아하고 있어. 동료가 아닌…… 여인으로."

솔직한 천무진의 고백에 백아린의 눈동자가 떨려 오기 시작했다. 사실 그가 이런 식으로 솔직하게 자신의 마음을 드러내 줄 거라고는 생각하지 못했다.

백아린이 아무런 대답도 하지 못하고 있는 그때였다.

그런 그녀의 모습을 보며 천무진이 말했다.

"좀 급작스러웠을 거야. 당신도 당황스럽겠지. 생각할 시간을 줄 테니까 답변은 그 이후에 해도 돼. 내가 기다릴……."

순간 백아린이 그의 말을 자르며 입을 열었다.

"아뇨. 생각할 시간 같은 건 필요 없어요."

언제부터였을까?

이 천무진이라는 사내를 마음에 담아 둔 건.

사실 그것에 대한 대답을 하기는 어려웠다.

하지만 하나 확실한 건 어느 순간부터 백아린의 마음속에는 언제나 이 사내가 있었다는 것이다.

그랬기에 망설일 이유 따위는 없었다.

백아린이 말했다.

"절 배려해서 앞장서서 걸어가며 눈을 치워 준 건 너무 고마워요. 하지만 지금처럼 뒤에서 따라 걷기만 하면……."

말과 함께 성큼 다가선 백아린의 손이 움직였다.

그리고 그녀의 손이 천무진의 손을 움켜잡았다.

천무진의 손가락 사이로 깍지를 낀 백아린이 팔을 들어 올리며 웃어 보였다.

"이렇게 당신의 손을 잡고 함께 나아갈 수 없잖아요."

말과 함께 백아린은 천무진의 옆에 나란히 섰다.

그녀가 원하는 모습은 바로 이런 것이었다.

그의 옆에서 언제나 든든한 조력자로 함께해 주는 것.

천무진이 비를 맞고 걸을 때도 함께하고 싶었고, 지금처럼 차가운 눈길을 나아갈 때도 같이 걷고 싶었다.

그 길이 아무리 험난할지라도.

말이 아닌 행동으로 자신의 마음을 전한 백아린이 당차게 입을 열었다.

"자, 그럼 이제 우리 같이 걸을까요?"

옆에 선 채로 자신을 올려다보며 눈을 빛내는 그녀.

그 모습에 천무진이 부드러운 미소를 지어 보였다. 그러고는 이내 말했다.

"지금 잡은 손 놓지 않을 텐데 괜찮겠어?"

천무진의 질문에 백아린 또한 웃으며 입을 열었다.

"바라던 바예요."

서로를 바라보며 웃고 있는 두 사람의 위로 하얀 눈송이들이 소복소복 내려앉았다.

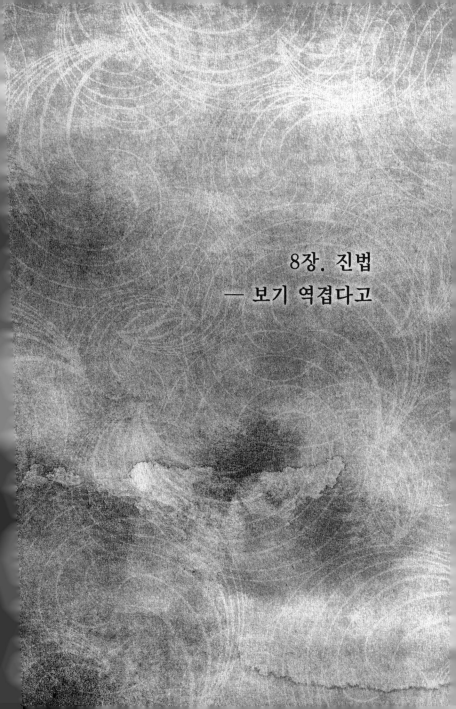

8장. 진법

— 보기 역겹다고

긴 장포를 눌러쓴 매유검이 마교 외성의 후미진 곳을 따라 움직이고 있었다. 그가 도착한 곳은 외성 한편에 위치한 자그마한 장원이었는데, 그곳에는 이미 먼저 이곳에 온 몇몇 이들이 자리하고 있었다.

그리고 마지막으로 매유검이 나타나서 방 안에 모습을 드러내는 순간.

앉아 있던 그들이 약속이라도 한 듯 동시에 일어섰다.

방 안에 먼저 자리하고 있던 이는 정확하게 여섯 명이었는데, 그중에 몇 명은 마교 내에서 제법 높은 위치에 자리하고 있는 이들이었다.

그런 그들이 매유검의 등장에 곧바로 자리에서 일어나더니 무릎을 꿇었다.

"십천야를 뵙습니다."

자신을 향해 인사를 건네는 그들에게는 눈길조차 주지 않으며 걸음을 옮긴 매유검이 상석에 자리했다. 그러고는 이내 자신을 바라보는 여섯 명을 향해 퉁명스레 입을 열었다.

"바로 계획을 실행할 생각인데 다들 준비는 차질 없게 됐겠지?"

"물론입니다."

막심무(莫心无)라는 이름의 중년 사내가 곧바로 답했다. 그는 현재 이 여섯 명을 대표하는 자였고, 지금 매유검이 진행하려는 모종의 계획에도 깊게 관여되어 있었다.

그가 곧바로 말을 이었다.

"그럼 명하신 대로 곧바로 적화신루의 두 사람부터 떨어트려 놓겠습니다."

"……그렇게 해."

대답을 하는 매유검의 말투에는 불만이 가득했다.

사실 그는 이번 계획을 본격적으로 진행하기에 앞서 백아린과 한천부터 완벽하게 떨어트려 놓아야 한다는 명령이 내심 마음에 들지 않았다.

특히나 두 사람 중 백아린.

그녀에 대한 매유검의 원한은 꽤나 깊었다.

백아린으로 인해 천무진을 잡아 오려던 계획이 망가졌고, 그 때문에 적련화가 죽게 되었으니까.

적련화의 복수를 위해서도 그렇지만, 매유검의 성격상 이런 싸움은 피하고 싶지 않았다.

하지만 어르신의 생각은 달랐던 모양이다.

천무진과 백아린, 그리고 한천까지. 세 명이 함께 움직이면 이번 계획은 실패로 돌아갈 확률이 높다고 보았다.

그랬기에 아예 둘을 떨어지게 만들고 그 이후에 천무진에게 준비한 계획을 펼친다.

사실 단엽 또한 눈엣가시였거늘, 현재 그는 스스로 마교를 떠난 상태다.

한마디로 적화신루의 두 명만 떨어트려 놓으면 된다는 의미였다.

천무진과 관련된 작전에 대해 짧게 설명을 끝낸 수하들은 이내 마교의 일들을 보고했다. 매유검은 대충 상황들을 전해 듣고, 자신이 할 수 있는 선에서 명령을 내렸다.

어차피 그 외의 것은 자신이 아닌 어르신이 해결해야 할 문제였으니까.

모든 보고가 끝나자 매유검을 제외한 여섯 명의 인원들

은 곧장 자리를 떴다. 최근 들어 마교 내부의 분위기가 자신들에게 좋지 않게 흐르고 있었다.

의심을 사지 않도록 같이 있는 모습조차 최대한 감춰야 하는 때라는 의미였다.

그렇게 모두가 사라진 방 안.

매유검은 그곳에 혼자 자리하고 있었다.

그가 나지막이 중얼거렸다.

"……천무진."

일이 이렇게 되기를 원하지 않았다. 그가 적련화에게 조종당하며 자신의 손바닥 안에서 놀아나기를 바랐다.

그게 최상의 결과였으니까.

허나 이미 그건 불가능해진 상황…….

결국 모든 일들이 매유검이 원치 않는 방향으로 흘러가게 되었다. 어르신에게는 큰 문제가 아닐 수 있어도, 매유검의 입장은 조금 달랐다.

죽은 적련화에 대한 생각이 떠오르자 매유검은 다시금 분노가 끓어올랐다.

하지만 그는 최대한 그 화를 억눌렀다.

'우선은 천무진 그놈부터.'

백아린은 그다음 문제다.

우선 첫 표적은 어르신의 명령대로 천무진이다. 그를 계획대로 처리한 후에, 그다음에 백아린을 제거해도 늦지 않는다.

홀로 남은 방 안에서 매유검이 천천히 손을 들어 올렸다.

콰드득.

탁자를 움켜쥐는 순간 그 일부분이 마치 종이처럼 찢겼다. 동시에 손가락 사이로 뜯긴 탁자의 일부분이 가루가 되어 흘러내렸다.

매유검의 눈동자가 어둠 속에서 빛났다.

이미 주사위는 던져졌고, 이제 남은 것은…….

"한 놈씩 잘근잘근 찢어 죽여 주지."

잔인한 복수뿐.

*　　　*　　　*

천무진과 백아린이 서로의 마음을 확인한 그 이튿날.

식사를 하기 위해 한자리에 모인 그곳에서 한천이 히죽거리며 웃고 있었다. 그가 의미심장한 표정을 지은 채로 두 사람을 번갈아 바라봤다.

둘 사이가 어떻게 됐는지 알고 있는 그다.

한천이 장난스럽게 말했다.

"신수들이 훤하십니다?"

"……."

백아린이 별다른 말도 없이 젓가락질만 하자 한천이 재차 말했다.

"이거 제가 불청객 같네요. 오붓하게 단둘이 식사도 좀 하시고 해야 할 텐데. 아니면 제가……."

그때 한천의 말을 자르며 백아린이 말했다.

"알고 있나 보네. 마침 말이 나와서 하는 말인데 우리 둘이 시간 보내게 부총관이 대신 일 좀 해 주면 될 것 같은데? 몸도 다 나은 것 같고."

"에에? 그건 좀……."

생각지도 못한 백아린의 반격에 한천이 당황했다. 그러고는 이내 서둘러 밥그릇으로 시선을 돌리고는 언제 그랬냐는 듯이 입을 닫고 식사에 열중했다.

백아린이 그런 한천을 가볍게 흘겨보았지만…….

사실 이같이 짓궂어 보이는 농담에도 백아린은 그리 기분이 나쁘지 않았다.

상대가 한천이어서이기도 했지만, 뭣보다 그가 이런 행동을 하는 이유가 두 사람을 위해서라는 걸 알아서다.

오히려 이런 일을 가지고 어색해할 수도 있다고 생각을 하기에 일부러 심하지 않은 정도로 먼저 장난을 걸어오는 것이다.

두 사람이 자신의 눈치를 보지 않도록 말이다.

어느 정도 소기의 성과가 있다고 생각해서인지 한천은 더는 농담을 하지 않고 다른 쪽으로 이야기를 돌렸다.

그런 그를 향해 이번엔 백아린이 장난을 걸었다.

"그런데 단엽 주먹이 생각보다 덜 아픈가 봐. 벌써 다 나은 걸 보면."

"다 낫긴요. 아직까지 온몸이 욱신거린다니까요?"

"정말? 겉보기엔 완전히 멀쩡해 보이는데."

"원래 그런 주먹은 외상보다는 내상이 문제인 겁니다."

"그래? 그냥 일하기 싫어서 거짓말하는 것 같아 보이는데……."

백아린의 말에 한천은 움찔하며 딴청을 부렸다.

그런 그의 모습에 천무진과 백아린은 짧게 시선을 맞춘 채 둘 다 피식 웃었다.

그리고 서로를 바라보며 웃고 있는 두 사람의 모습을 슬쩍 확인한 한천 또한 덩달아 입가에 미소를 머금었다.

백아린의 행복해 보이는 모습.

이게 바로 한천이 가장 바라는 것이었으니까.

서로를 향해 두 사람이 웃어 보이는 사이 갑자기 바깥에서 뭔가 소리가 들려왔다. 평소였다면 식사에 열중했을 한천이지만 서로를 바라보며 웃고 있는 두 사람의 분위기를 깨고 싶지 않은 탓에 서둘러 자리에서 일어났다.

그가 탁자 위에 있는 만두 하나를 입에 넣으며 말했다.

"제가 나가서 무슨 일인지 확인하고 올 테니 두 분께서는 즐겁게 식사하고 계시죠."

말을 마친 한천이 서둘러 바깥으로 나갔다.

한천이 나가고 단둘이 남게 된 상황.

천무진이 서둘러 물었다.

"오늘 저녁에 시간 있어?"

"저녁에요? 왜요?"

"……같이 나갈까 하고."

뭔가 부탁할 게 있나 했던 백아린이 잠시 눈을 크게 떴다가 이내 환하게 웃었다.

다시금 느꼈기 때문이다.

둘 사이의 관계가 어제부터 달라졌다는 것을.

백아린이 고개를 끄덕였다.

"물론이죠. 어떻게든 시간 낼게요. 없으면 만들어서라도 낼게요."

신이 난 듯 말하는 백아린의 모습에 천무진이 픽 웃으며 답했다.

"그렇게까지 무리할 건 없고."

"무리는요. 제가 좋아서 하려는 건데요 뭐."

솔직하게 말하는 백아린의 모습에 천무진은 말없이 그녀를 바라봤다. 그런 그의 시선에 다시금 백아린의 입가에 미소가 걸릴 때였다.

벌컥!

문을 열어젖히고 모습을 드러낸 건 방금 전에 나갔던 한천이었다.

그의 손에는 한 장의 서찰이 들려 있었다.

그리고…….

"대장."

"응?"

여전히 천무진을 응시한 채로 웃고 있는 백아린이 반문할 때였다. 그런 그녀의 기분을 망가트릴 말이 한천의 입에서 흘러나왔다.

"아무래도 며칠 어디 좀 다녀와야 할 것 같은데요?"

한천의 그 한마디에 천무진과 백아린의 표정이 동시에 와락 구겨졌다.

적화신루 쪽에서 날아온 다급한 연락.

그것은 적화신루의 입장에서는 제법 중요한 일이었고, 그걸 해결하기 위해 백아린은 직접 움직여야 했다. 그나마 다행이라면 처리를 하는 데 그렇게까지 오래 걸리지는 않을 거라는 점이었다.

거리 또한 그리 멀지 않아, 왕복하는 데도 큰 시간이 소요되지는 않을 듯싶었다.

약 삼 일가량.

백아린과 한천은 그렇게 자리를 비워야만 했다.

"아, 왜 갑자기 일은 벌어져 가지고."

마차가 있는 곳으로 향하는 내내 백아린은 자신도 모르게 툴툴거렸다.

평소의 그녀답지 않은 모습.

그리고 그 이유를 한천은 알고 있었다.

막 시작된 두 사람의 연애다. 그런데 며칠을 떨어져 있게 되었으니 그것이 못내 마음에 들지 않는 모양이다.

그리고 재밌게도…… 그건 저 무뚝뚝한 부분이 있는 사내도 마찬가지인 듯싶었다.

그런 두 사람의 모습을 보며 한천은 속으로 혀를 내둘렀다.

그렇게 세 사람은 곧 마차에 도착했고, 한천이 먼저 문을 열고 안으로 들어섰다. 뒤이어 마차에 오르려던 백아린이 멈칫하더니 천무진을 향해 몸을 돌렸다.

"최대한 빨리 다녀올게요."

"그렇게 해."

"어딘지는 모르겠지만 오늘 저랑 가려고 했던 곳 절대 먼저 가지 말고요."

백아린의 당부에 천무진은 고개를 끄덕였다.

마차 옆에서 쉬이 발을 못 떼고 있는 백아린의 모습에 결국 참다못한 한천이 입을 열었다.

"대장, 이러다가 해 떨어집니다."

"……알겠어."

말을 마친 백아린은 다시 한번 천무진을 쳐다보고는 이내 마차에 올라탔다. 마차에 올라타서 문까지 닫았지만, 그녀는 창문을 통해 얼굴을 빼꼼 내밀었다.

그녀가 계속해서 천무진과 시선을 맞춘 채로 말했다.

"식사 잘 챙겨 먹고 있어요."

"당신도. 일한다고 너무 무리하지 말고."

그렇게 두 사람이 한마디씩 주고받았을 무렵 대기하고 있던 마차가 서서히 움직이기 시작했다.

여전히 미련이 남는지 창문 안쪽으로 쉬이 고개를 넣지 못하고 있던 백아린이 점점 멀어지는 마차 안에서 손을 저으며 인사를 보냈다.

그리고 그런 그녀를 향해 천무진 또한 손을 들어 보였다.

계속 그 자리에 선 채로 멀어지는 마차를 바라보던 천무진은 마차가 시야에서 완전히 사라진 후에야 몸을 돌릴 수 있었다.

그렇게 돌아온 천무진의 거처인 귀림원은 조용했다.

단엽에 이어 두 사람까지 사라지니 마치 아무도 살지 않는 곳 같은 휑한 느낌까지 풍겼다.

"삼 일이라……."

천무진은 두 사람이 돌아오기로 한 날짜를 떠올리며 슬쩍 하늘을 올려다봤다. 아직은 해가 중천에 떠 있는 시각.

아무래도 그 삼 일이라는 시간이 생각보다 훨씬 더디게 갈 것만 같았다.

잠시 하늘을 올려다보던 천무진은 이내 자신의 방으로 돌아왔다.

백아린과 한천이 자신들의 일을 하기 위해 떠난 것처럼 그 또한 이곳에서 해야 할 일이 있었다.

마교에 아직까지 남아 있을 십천야와 관련된 자들을 최대한 뿌리 뽑는다. 거기다 의선을 통해 흑주염의 해독약을 만들어 내고, 그걸 통해 마교 교주의 상태를 회복시키는 것이 목표였다.

그리고…….

'사부는 대체 언제 연락을 주시는 건지 모르겠군.'

곧 연락을 주겠다던 사부는 아직까지 전해 온 말이 없었다.

지금 당장은 사부가 한 말이 있으니 무작정 기다리고 있었지만, 예상보다 시간이 길어질 경우 천무진 쪽에서 먼저 연락할 방도를 찾을 계획이었다.

천무진은 책상 한편에 쌓아 둔 서류 더미들로 시선을 돌렸다.

지금 자신이 해야 할 일이 무엇인지는 명확했다.

서류 더미들 사이에 가서 자리한 천무진은 종이 한 장을 들어 올렸다.

그렇게 천무진이 마교 내에 남아 있을 십천야 쪽의 적들을 찾아내기 위해 고민하고 있을 때였다.

귀림원에서 잡일을 맡고 있는 젊은 사내가 천무진의 거처에 모습을 드러냈다.

잠시 서류에서 시선을 뗀 천무진이 입을 열었다.

"무슨 일이지?"

"손님이 한 분 찾아오셨습니다."

"손님이라고?"

손님이라는 말에 천무진의 눈동자가 빛났다.

사부가 온 게 아닐까 하는 생각이 들어서였다.

천무진이 곧장 물었다.

"나이가 어떻게 되어 보였지?"

"대충 사십 대 중반 정도로 보였습니다."

나이를 듣는 순간 천무진의 얼굴엔 순간적으로 실망감이 떠올랐다 사라졌다. 허나 이내 그는 고개를 끄덕였다.

누군지는 모르겠지만 적화신루 쪽에서 보내온 연락망일 가능성이 높았기 때문이다.

승낙이 떨어지자 사내는 곧장 바깥으로 나갔다.

그리고 그가 사라진 지 얼마 되지 않아 한 명의 무인이 방 안에 모습을 드러냈다.

상대의 얼굴을 확인하는 순간 천무진은 고개를 갸웃했다.

어디선가 본 듯한 얼굴이었기 때문이다.

상대가 누구인지 잠시 고민하던 천무진은 이내 그가 누군지 알아차릴 수 있었다.

소교주 악준기의 옆에 따라다니던 무인들 중 하나였다.

상대를 알아본 천무진이 짧게 물었다.

"무슨 일이지?"

물어 오는 천무진의 질문에 사내는 슬쩍 주변을 둘러보더니 이내 전음을 날렸다.

『소교주님이 뵙기를 청하십니다. 중요한 일이시라며 직접 모셔 오라고 명 받았습니다.』

갑작스러운 악준기의 연락.

서로 연결되어 있다는 사실을 감추기 위해 최대한 만남

을 자제하던 상황에서 악준기가 이렇게 연락을 해 온 거라면 뭔가 중요한 일일 확률이 컸다.

잠시 상대를 바라보던 천무진이 이내 고개를 끄덕이며 답했다.

『안내해.』

*　　　*　　　*

소교주 악준기가 보내온 사람과 동행한 천무진은 곧장 마교 외성으로 나섰다.

수많은 사람들 사이를 파고들며 천무진은 최대한 은밀하게 움직였다. 얼마 전 있었던 마교 소교주 암살 시도 사건. 물론 미수에 그치긴 했지만, 그 일이 벌어진 후 악준기는 더욱 바빴다.

주변을 호위하는 인원도 늘었고, 암살 사건과 관련된 이들을 발본색원하기 위해 수많은 이들을 움직이고 있었기 때문이다.

천무진 또한 그런 악준기와 함께 움직였지만, 그날 이후 그를 직접 대면한 건 단 한 번뿐이었다. 그것도 아예 사건이 벌어진 초창기였기에 이후 진행된 많은 상황들에 대해 논의가 필요한 때이긴 했다.

기다리고 있었던 악준기의 연락.

천무진은 그렇게 그가 보내온 사내와 함께 목적지에 도착할 수 있었다.

천무진을 이곳까지 안내한 사내가 옆으로 비켜서며 말했다.

"이 안에서 기다리고 계십니다."

그의 말에 천무진은 슬쩍 시선을 돌려 앞에 자리한 장원을 바라봤다. 크기는 그리 크지 않았고, 위치 또한 외곽 부분에 자리하고 있어 중심부에 비해서는 적은 인원들이 오가는 곳이었다.

악준기가 기다리고 있다는 장원을 향해 천무진이 걸음을 옮겼다. 그의 손이 굳게 닫혀 있는 문을 밀어젖혔다.

끽.

소리와 함께 드러난 내부의 모습은 평범하기 그지없었다.

천무진은 곧장 장원 안으로 들어섰고, 이내 그가 열었던 문이 천천히 원래의 자리로 돌아가 닫혔다.

쿠웅.

바로 그때였다.

천무진은 뭔가 이상하다는 듯 슬쩍 뒤편을 바라봤다. 닫힌 문은 너무나 평범해 보였다.

그런데 왜일까?

천무진의 시선이 뒤편에 위치한 문에서 떠나 천천히 주변을 훑었다.

'뭐지?'

정말 별거 아닌 느낌일지도 모르겠다.

문이 닫히는 순간 주변에 흐르던 기운이 흔들렸다. 정말 작은 변화, 그리고 어쩌면 그건 착각이었을지도 모르는 일이었다.

가볍게 넘길 수도 있는 일이었거늘 천무진은 이상하게 찜찜했다.

천무진이 천천히 손을 뻗어 허공으로 손가락 하나를 들어 올렸다. 그리고 손가락 주변으로 가볍게 내공을 흘려보냈다.

스스스.

피어오르는 연기가 바람을 따라 흔들렸다.

동시에 천무진은 눈을 감고 주변에 움직이는 모든 기운들에 감각을 집중했다.

주변에서 들려오는 소리나, 귓가로 파고드는 바람에도, 가슴 깊이 밀려드는 공기까지도.

전신을 타고 느껴지는 모든 감각들.

그 어떠한 것에도 이상한 건 없었다.

단 하나…… 냄새가 없다는 것 빼고는.

고개를 치켜든 천무진이 나지막이 중얼거렸다.

"진법인가."

특별한 뭔가를 확인한 건 아니지만 천무진은 지금의 상태를 알아차렸다. 지금 자신은 진법에 갇혀 있는 상태였다.

고개를 내린 그가 입을 열었다.

"아무래도 함정에 빠진 모양인데."

정말로 소교주 악준기가 이 장소에서 자신을 기다리고 있을 가능성을 아예 배제할 순 없었다. 그렇지만 사실 그럴 확률은 일 할조차 되지 않았다.

아무리 중요한 만남이라고 할지언정 이런 식으로 자신을 부를 리는 없었으니까.

그렇다면 역시 이건 소교주 악준기가 아닌 다른 누군가가 준비한 진법이라는 건데…….

현재 자신이 진법에 갇혔다는 걸 알았지만 천무진의 얼굴엔 전혀 당황하는 기색이 느껴지지 않았다.

그건 지금 이 상황이 위험하다 생각하지 않았기 때문이다.

진법의 종류는 수도 없이 많다.

그렇지만 그것이 어떠한 것이 됐든 이런 진법으로 천무

진을 잡아 두는 건 한계가 있었다. 이것이 사람을 직접적으로 죽이는 살진인지, 아니면 시간을 끌기 위해 준비한 무엇인지는 모르겠지만……

'결국 진법에는 생문(生門)이 있는 법이지.'

아무리 잘 만들어져 있는 진이라 할지라도, 그곳에는 살아나갈 수 있는 길이 만들어져 있다.

거기다 지금 당장에 봤을 때 이 진법은 그렇게 위협을 가하는 종류의 것은 아니었다.

기껏 해 봤자 시간 끌기용.

허나 그것도 천무진 정도의 실력자라면 결코 소기의 목적조차 달성하기 쉽지 않을 것이다. 이 진법이 얼마나 큰지 모르겠지만 최대 반나절이면 박살을 내고 나갈 수 있었다.

잠시 진법의 흐름을 읽어 내던 천무진이 앞으로 걸음을 옮겼다.

이 진법을 펼친 자들의 목적이 무엇인지 알지 못하겠다. 하지만 적어도 이 진법으로 자신을 죽일 생각이 아니라면 결국 시간을 끄는 것이 그 목적일 확률이 높을 텐데, 그런 그들의 계획에 놀아나 줄 생각은 없었으니까.

진법을 파훼하기 위해 나서는 천무진의 얼굴에는 불쾌감이 가득했다.

사실 이렇게 당할 거라고는 생각도 하지 못했다.

그건 지금 약속 장소로 잡힌 곳이 마교의 바깥도 아닌 외성에 위치한 곳이었기 때문이다.

물론 설령 이것이 함정이었다고 한들 천무진에겐 상관이 없었다.

적어도 그 함정이 마교 내부에 자리한 곳이라면.

천무진은 엄청난 무인이다.

그 말은 곧 천무진을 꺾기 위해서는 그에 걸맞은 상대가 있어야 한다는 의미였다. 그런 절대고수들의 싸움이 아무런 소란 없이 끝날 리가 있겠는가?

마교의 한쪽이 아예 박살 날 정도로 큰 싸움이 되는 건 당연하다.

그리고 이런 곳에서 그 같은 큰 소란이 인다면 마교 무인들이 오는 것은 당연했다. 설령 그 누가 온다 한들 마교의 무인들이 달려오기 전에 천무진이 쓰러질 리가 없었다.

그랬기에 이처럼 움직였거늘 그것이 이런 함정이었다니……

성큼성큼 걸어 나가는 천무진은 언제라도 뽑아낼 수 있도록 허리에 걸려 있는 천인혼에 손을 얹어 두고 있었다.

동시에 주변에서 느껴지는 모든 기운의 움직임들에 신경을 집중시켰다.

혹시 모를 기습이나, 진법의 변화를 읽어 내기 위해서였다. 그렇게 앞으로 나아가던 도중 갑자기 주변의 모습이 변하기 시작했다.

진법이 천천히 움직이며 뭔가를 벌이고 있었다.

장원의 모습이 거짓말처럼 무너져 내렸다.

스스스스!

커다란 모래로 된 것들이 사라지듯 모든 건 가루가 되어 사라지며 그곳에는 새로운 장소가 나타났다.

그곳은 다름 아닌 천룡성의 본거지였다.

변해 버린 주변의 모습에 천무진이 미간을 찌푸렸다.

"뭐 하는 거야, 이건."

허나 주변의 풍경이 변하는 건 그것이 끝이 아니었다. 갑자기 눈앞에 사부인 천운백과 가솔 남윤의 모습이 나타났다.

익숙한 천룡성의 모습, 그리고 그곳에 자리한 두 사람까지.

그런데 그 둘 또한 갑자기 모래처럼 바람에 흩날리며 사라졌다.

화악!

주변에 바람이 휘몰아치며 또 풍경이 무서운 속도로 변해 가기 시작했다. 이내 나타난 것은 무림맹에서 활동하기 위해 지냈던 사천성에 있는 천룡성 비밀 거점이었다.

그리고 그곳에도 한 사람씩 익숙한 얼굴들이 모습을 드러냈다.

술을 마시고 있는 한천.

뭐가 그리도 화가 났는지 잔뜩 성을 내고 있는 단엽.

그리고…… 자신을 바라보며 웃고 있는 백아린까지.

바로 얼마 전까지 같이 있던 동료들의 모습을 보며 천무진이 그쪽으로 한 걸음 내디딜 때였다.

촤르륵.

그들의 몸과 주변의 광경들이 다시금 모래처럼 흩어졌다.

그 모습을 보고 있는 천무진의 기분은 그리 좋지 못했다. 마치 그들이 하나둘씩 죽어 가는 느낌이었기 때문이다.

천무진이 중얼거렸다.

"슬슬 짜증 나는데."

말과 함께 천무진은 천인혼을 뽑아 들었다.

변해 가는 진법의 변화는 빠르고 복잡했지만, 그 안에서 흐르는 힘의 변화를 계속해서 느끼고 있었다.

"언제까지 이런 장난질을 할 건지 모르겠지만…… 상대를 잘못 골랐어."

말과 함께 천무진은 천룡무극심법의 기운을 끌어올렸다. 동시에 천인혼이 흔들렸다.

천무진은 힘껏 치켜든 천인혼을 곧바로 땅에 박아 넣었다.

그 순간 모래처럼 흩어지며 변화를 보이던 주변 광경들이 마치 유리처럼 금이 가며 폭발하기 시작했다.

콰앙!

사방으로 튕겨져 나가는 유리 조각들.

그 안에 있는 천무진은 알고 있었다.

아직 이 진법이 끝난 것은 아니라는 걸. 하지만 일부분이 깨어져 나가는 그 순간 여태까지와는 다른 무엇인가가 느껴졌다.

바로 냄새였다.

처음 진법에 들어선 이후로는 냄새를 느끼지 못했거늘, 그 일부가 흔들리며 묘한 향기가 흘러들어 오기 시작했다.

동시에 변해 버린 세상.

그곳은 정체 모를 장소였다.

커다랗고 넓은 들판.

그리고 그곳에 있는 몇 채의 남루한 집까지.

곳곳에 보이는 시체들이 눈에 들어오는 순간 진한 피 냄새가 코로 밀려들었다.

천무진은 그 시체들 사이를 걸었다.

그런데 시체들을 바라보는 천무진의 표정이 일그러졌다.

죽어 있는 무인들.

그리고 그들 사이사이에는 마찬가지로 싸늘한 시체가 되어 있는 어린아이들이 있었다. 그 모습은 무척이나 기괴했다.

어른들의 싸움에 어린아이들이 피해를 입은 형상이 아니었으니까.

마치 어른들과 어린아이들의 싸움.

그런 말도 안 되는 싸움이 있었던 걸로 보였다.

그리고 놀랍게도 시체는 어른들 쪽이 압도적으로 많았다.

대체 왜 이런 광경이 눈앞에 펼쳐졌는지 모르겠다는 듯 주변을 둘러보던 천무진이 갑자기 걸음을 멈췄다.

그의 감각 안에 누군가가 들어왔기 때문이다.

천무진이 시선을 들어 먼 곳 어딘가를 바라봤다.

그리고 그의 시선이 향한 곳에 있는 낡은 초가집 지붕 위에 한 명의 사내가 자리하고 있었다.

긴 장포를 펄럭이며 서 있는 상대.

천무진이 자신을 본 걸 알아차린 그가 성큼 지붕 위에서 뛰어내렸다.

십천야의 한 명인 매유검.

그가 천무진과 함께 같은 공간에 자리하고 있었던 것이다.

"어이, 천무진."

진법에 들어선 이후 처음으로 듣게 된 누군가의 목소리.

상대를 확인한 천무진의 눈동자가 꿈틀거렸다.

장포를 뒤집어쓴 모습도, 그리고 들려온 이 목소리까지도.

그 모든 것이 기억에 있었으니까.

그걸 떠올리는 것과 동시에 무서울 정도의 살기가 터져 나왔다.

천무진이 주먹을 움켜쥔 채로 입을 열었다.

"……드디어 만났구나."

천무진은 매유검을 알고 있었다.

물론 그의 얼굴은 알지 못했다. 과거의 삶에서도 그를 본 건 단 한 번이었고, 그때도 지금처럼 장포를 눌러쓰고 있었으니까.

단 한 번뿐이었던 만남.

그리고 그날…… 저자의 손에 자신은 죽었었다.

죽어 가는 천무진을 바라보며 병신 같은 새끼라며 경멸 가득한 조소를 날렸던 바로 그자.

과연 언제 그자를 만나게 될까 했는데…… 그게 오늘이었던 모양이다.

자신을 알아보는 듯한 말에 순간 멈칫했던 매유검이지만 이내 뭔가를 깨달은 듯 고개를 끄덕였다.

"아아, 순간 날 아는 건가 했는데 두 번째 삶이라고 했지, 참."

"이 진법이 누구 짓인가 했는데 네가 벌인 일이군."

"왜? 마음에 좀 들어?"

"그럴 리가. 저번 생에서도 그랬지만 이번 생에서도 넌 여전히 하는 짓이 영 구리네."

말과 함께 천무진은 천인혼을 쥔 손에 힘을 불어넣었다.

저번 생에서 싸워 본 상대였기에 그가 그리 만만한 자가 아니라는 걸 알았다. 하지만 천무진은 자신 있었다.

저자를 이길 자신이.

자신을 향해 당장이라도 달려들 듯한 자세를 취하고 있는 천무진을 바라보던 매유검의 입이 비틀렸다.

마음 같아서는 자신 또한 저 대결에 응해 주고 싶었지만…….

스윽.

매유검은 품 안에 가지고 있던 뭔가를 끄집어냈다.

그것은 어린아이의 머리통 크기만 한 정체불명의 광석이었다. 순간 매유검이 번개처럼 반대편 손으로 단검을 뽑아 들더니 그것을 광석에 꽂아 넣었다.

카앙!

귀청을 울릴 정도로 커다란 소리.

그리고 그 순간 손바닥 위에 자리하고 있던 그 광석이 깨지는 걸로 모자라 아예 가루가 된 듯 공기 중으로 흩어졌다.

천무진이 이해가 가지 않는 매유검의 행동에 입을 열었다.

"무슨 짓을……."

바로 그 순간 매유검이 소리쳤다.

"움살타알리만!"

뜻을 알 수 없는 정체불명의 말이 들려오는 그 순간이었다.

쿠웅!

천무진이 주저앉았다.

"크윽!"

갑작스럽게 머리가 깨질 듯이 아파 왔고, 동시에 심장을 쥐어짜는 것만 같은 고통이 연신 밀려들었다.

전신에서 식은땀이 줄줄 흘러내렸고, 몸은 마치 쇳덩이를 단 것처럼 무거웠다.

천무진은 갑자기 찾아온 이 같은 상황이 이해가 가지 않았다.

대체 지금 자신에게 무슨 일이 벌어지고 있는 것일까?

숨을 헐떡이며 천무진이 힘겹게 고개를 치켜들었다. 그러고는 자신의 맞은편에 자리하고 있는 매유검을 향해 이를 갈며 말했다.

"……나한테 무슨 짓을 한 거냐."

살기를 쏟아 내는 천무진의 모습에 매유검은 광석을 부수기 위해 들었던 단검을 든 채로 성큼성큼 그에게 다가갔다.

거리를 좁혀 오던 매유검이 짜증 난다는 듯 말했다.

"언제까지 착한 척이나 하고 있을 거야? 더는 보기 역겹다고."

"그게……."

"이젠 기억해 내라고. 네 진짜 정체를."

정체 모를 말과 함께 걸어오던 매유검이 천무진의 지척까지 다가왔다.

두 사람의 거리가 가까워진 상황에서 매유검은 천무진을 내려다봤다.

장포 사이로 유일하게 보이는 그의 입이 웃음으로 인해 비틀렸다.

비웃음 가득한 매유검의 입이 열렸다.

"오랜만이다. 나의 동생, 그리고…… 열 번째 십천야."

9장. 기억의 파편
— 같이하자

　자신에게 다가온 상태에서 내뱉은 매유검의 말에 천무진
은 고통스러운 와중에도 눈을 치켜떴다.

　동생이라니? 십천야라니?

　말도 안 되는 소리를 들은 그가 힘겹게 입을 열었다.

　"뭐? 그게 무슨 개소리……."

　허나 천무진의 말은 끝까지 이어지지 못했다.

　뇌까지 흔드는 극심한 고통에 자신도 모르게 눈을 질끈
감았던 그다. 그리고 이내 힘겹게 눈을 뜬 천무진의 앞에
펼쳐진 장소는 여전히 그대로였다.

　넓게 펼쳐진 들판, 정체를 모를 허름한 몇 채의 집들까지.

눈을 감기 전과 변한 것이 하나 없는 것처럼 보였지만⋯⋯.

아니었다.

지금 보고 있는 이곳은 방금 전 진법에서 본 풍경과는 다른 몇 가지가 있었다. 먼저 주변에 가득하던 시체들이 사라졌다. 그리고 자신에게 아는 척을 해 대던 십천야 중 하나인 그 상대도 보이지 않는다.

같은 장소, 그렇지만 또 다른 장소이기도 한 이곳은⋯⋯.

그 순간 천무진의 귀청을 때리며 누군가의 거친 고함 소리가 들려왔다.

"십삼 호! 어서 들어가!"

십삼 호라는 외침에 천무진은 뒤편으로 고개를 돌렸다. 그리고 그곳에는 거칠게 생긴 사내 한 명이 자신을 향해 눈을 부라리고 있었다.

그런 그자의 눈동자에 비친 자신은 아주 작은 어린아이였다.

이건 꿈도, 환상도 아니었다.

이것은⋯⋯ 천무진이 기억하지 못하는 과거.

십삼 호라 불렸던 잃어버린 어린 시절의 기억이었으니까.

＊　　＊　　＊

십삼 호.

그것은 이곳에 사는 아이들 중 하나인 이 소년에게 붙여
진 호칭이었다. 대략 육십여 명에 가까운 아이들이 기거하
는 이곳에선 이름 따위는 존재하지 않았다.

그저 숫자들이 그 이름이라는 것을 대신할 뿐.

그건 소년 또한 다르지 않았다.

십삼 호라는 호칭으로 불린 소년은 그 나이가 여덟 살 정
도밖에 안 될 정도로 어렸다. 그렇지만 그토록 어린 소년의
얼굴엔 또래의 아이들이 지니고 있는 장난기나, 해맑음 따
위는 보이지 않았다.

지저분한 행색을 한 소년이 있는 이 커다란 방은 비슷한
연령대의 아이들로 가득했다.

그렇게 갇혀 있는 아이들의 표정은 제각각이었다.

두려움에 떨고 있는 아이들부터 계속해서 시끄럽게 우
는 아이들까지. 그리고 이토록 어린 나이임에도 불구하고
흡사 모든 걸 포기한 듯 체념한 얼굴로 있는 아이들도 보였
다.

이토록 많은 아이들이 지내고 있는 것만 보면 이곳을 고
아원으로 생각할 수도 있겠지만, 아쉽게도 이 장소는 그런

곳과는 거리가 멀었다.

이곳에 있는 아이들은 모두 납치를 당한 입장이었으니까.

그랬기에 이들은 갑작스럽게 변해 가고 있는 지금 상황에 적응하지 못하고 계속 공포에 떨고 있었다.

그러나 이 십삼 호라 불리는 소년은 조금 달랐다.

소년은 애초에 고아였다.

그랬기에 처음부터 이름이 없었고, 딱히 집이라 부를 만한 곳도 없었다. 그렇게 이곳저곳을 떠돌다가 정체 모를 자들에게 납치를 당해 끌려온 게 바로 산 위에 자리하고 있는 이 장원이었다.

어릴 때부터 이곳저곳을 떠돌며 식은 밥이나 얻어먹고 다니던 불우한 삶이었다. 음식을 훔치다 들켜 얻어맞은 것만 해도 셀 수가 없을 정도였고, 쏟아지는 비를 피하지 못해 뜬눈으로 밤을 새운 적도 제법 있었다.

그 덕분에 이토록 어린 나이임에도 세상이란 곳이 얼마나 무서운지 잘 알았다.

물론 소년이라고 해서 변한 지금의 상황이 마음에 드는 건 아니었다.

갑작스럽게 납치를 당해 어딘가로 끌려갔는데, 납치범들은 그곳에서 일차적으로 자신의 몸을 조사했다.

소년의 몸을 이곳저곳 만져 보고 손바닥을 등 뒤에 댄 채로 뭔가를 해 대던 그자가 한 말이 아직까지도 기억에 선명했다.

그자는 소년을 바라보며 비웃듯 말했다.

"꼬마야, 넌 운이 좋구나."

십삼 호는 당시엔 그 말을 이해하지 못했다.

그저 시키는 대로 두 개로 나뉘어 있던 무리 중 인원수가 적은 곳으로 가서 섰을 뿐이었다.

하지만 얼마 후 소년은 알게 됐다. 운이 좋다는 것이 어떠한 의미였는지를.

그 사내는 납치한 아이들을 두 집단으로 나누고 있었다.

무공을 익힐 만한 근골을 지녔는지, 아닌지를 확인하고 있었던 것이다. 소년은 뛰어난 근골을 지녔고, 당연히 무공을 익히는 쪽으로 가게 되었다.

그 반대로 재능이 없던 아이들은 다른 곳으로 끌려갔는데 그들은 모두 실험에 사용되어 죽음을 맞게 될 운명이었다.

물론 그건 어린 소년이 알 수 없는 일이었지만 말이다.

그런데 무공을 익히기 위해 끌려간 그곳에서도 소년은 다시 한 번 장소를 옮기게 됐다. 그건 소년의 뛰어난 능력 때문이었다.

여덟 살부터 열 살까지의 아이들이 모여 있던 그 안에서 소년은 독보적인 재능을 보여 주었다.

소년의 신체를 자세히 조사하던 사람은 놀란 눈으로 엄지를 추켜세웠다.

무공을 익히기 너무도 좋은 뛰어난 신체를 지녔다고.

그리고 그것뿐만이 아니었다. 소년은 무공에 대한 이해도도 뛰어났다. 무공에 대한 간단한 지식을 가지고 치른 시험에서 엄청날 정도로 빼어난 이해력과 응용력을 내비친 것이다.

소년이 그렇게 자신의 능력을 모두 선보인 이유는 간단했다. 좋은 성적을 내는 아이에게는 그에 맞는 선물을 주겠다고 했으니까.

그 말에 아이들은 제각기 그 시험에서 좋은 성과를 내려 애썼다.

아직은 어린아이들.

대부분이 그것에서 좋은 결과를 내면 집으로 돌아갈 수 있다 여겼던 것이다. 그에 반해 소년이 바라는 건 간단했다.

음식이었다.

배를 곯지 않을 정도의 음식.

결국 소년은 그 천 명이 넘는 무리에서 가장 압도적인 신체와 무공에 대한 지능을 선보이며 이곳으로 오게 됐다.

이곳에 모인 육십여 명에 달하는 아이들.

남녀 구분 없이 모인 이 아이들 모두가 십삼 호와 마찬가지로 그 같은 시험을 통과한 이들이었다. 뛰어난 근골과 무공에 대한 이해력을 가진 아이들.

한마디로 무인으로서의 재능을 갖춘 뛰어난 아이들이 이곳에 모여 있었던 것이다.

하지만 이곳으로 오게 된 이후 소년은 후회 중이었다. 이곳에는 자신이 원하던 배부른 삶이 존재하지 않았으니까.

십삼 호라는 소년이 벽에 기댄 채로 중얼거렸다.

"실컷 배부르게 해 주겠다더니."

걸음마를 뗄 때부터 구걸을 하며 살아왔다고 해도 과언이 아닌 삶을 보내 온 그다. 그런 아이에게 가장 두려운 건 다름 아닌 굶주림이었다.

그리고 이곳은 그런 굶주림을 해결할 수 있는 곳이 아니었다.

소년이 온 이후로도 계속해서 하나둘씩 끌려오더니 마침내 육십 명 정도의 숫자가 찬 지금.

처음엔 제법 넓었던 방도 이제는 좁게 느껴졌다.

그때 벽에 기대어 앉아 있는 소년에게 누군가가 말을 걸어왔다.

"야, 십삼 호."

자신을 부르는 소리에 십삼 호는 옆으로 고개를 돌렸다. 그곳에는 익숙한 얼굴의 소년이 자리하고 있었다.

십삼 호가 오기 전부터 이곳에 있던 아이.

칠 호라고 불리는 소년이었다.

들어오는 순서대로 번호가 붙었으니, 이 칠 호라는 소년이 이곳에 있은 지는 꽤 오래됐다고 봐야 했다.

십삼 호만 해도 이곳에 온 지 어느덧 두 달 가까운 시간이 흘러 있었으니까.

칠 호라는 소년은 무척이나 선한 인상이었다.

어린 나이임에도 불구하고 제법 또렷한 이목구비를 지닌 그 아이는 이런 곳에서도 잘 웃고, 주변과 담을 쌓고 지내는 십삼 호에게도 살갑게 대했다.

자신에게 말을 걸어오는 칠 호를 향해 십삼 호가 짧게 대꾸했다.

"무슨 일인데, 칠 호."

자신을 향해 칠 호라고 부르는 십삼 호의 모습에 그가 볼멘소리로 투덜거렸다.

"칠 호라고 부르지 말라고, 내가 너보다 나이도 많고, 숫자도 앞이잖아. 형이라고 부르라니까."

"그러는 너도 나를 십삼 호라고 부르잖아."

"아, 그런가? 그건 좀 불공평한가?"

"그걸 이제 안 거야?"

"흠 그러면…… 내가 형이니까 넌 동생으로 하면 되겠네. 앞으로 널 동생이라 부를게. 넌 날 형이라고 부르도록 해."

칠 호의 말에 십삼 호는 기가 차다는 표정을 지어 보였다. 굳이 자신이 동생이 되어야 할 이유가 없었으니까.

표정에서 그런 속내가 느껴져서일까?

그 순간 칠 호라 불리는 소년이 품속을 뒤적이기 시작했다. 그리고 이내 그 소년이 꺼내어 든 건 자그마한 주먹밥이었다.

그건 오늘 저녁에 배식받았던 것이 분명했다.

칠 호가 그걸 내밀며 말했다.

"자, 이거."

자신을 향해 내밀어진 주먹밥을 바라보며 십삼 호가 당황스러운 듯 물었다.

"이건 왜?"

물어 오는 그를 향해 칠 호가 답했다.

"너 먹으라고."

"나한테 이걸 준다고? 왜?"

십삼 호는 정말로 이해가 안 간다는 듯 물었다.

이곳에서의 식사는 결코 넉넉한 편이 아니었다. 오히려

최대한 조금의 양으로 얼마나 버티는지를 보려고 하는 게 아닐까 의심스러울 정도로 적은 양만 제공됐다.

겨우 하루에 한 끼.

어린아이의 주먹보다 자그마한 이 주먹밥이 이들에게 지급되는 전부였으니까. 당연히 이곳에서 식사는 꽤 중요한 문제였다.

실제로 일부에서는 다툼을 벌이며 음식을 빼앗는 일까지 벌어졌으니까.

하지만 그런 것을 알면서도 이곳을 감시하는 어른 중 누구도 그 같은 행동을 제지하지 않았다.

감시는 하고 있지만, 그들은 어린아이들 사이에서 벌어지는 일에 개입할 생각은 없어 보였다.

왜 자신에게 주먹밥을 주는 거냐고 물어 오는 십삼 호를 향해 칠 호가 웃는 얼굴로 답했다.

"왜긴. 내가 형이니까 당연히 동생을 챙겨 줘야지. 안 그래?"

말과 함께 어서 받으라는 듯 주먹밥을 손에 쥐여 주는 상대의 행동에 십삼 호는 아무런 말도 하지 못했다.

한 번도 가족의 정이라는 걸 느껴 본 적이 없는 십삼 호에게 자신을 챙기려고 하는 칠 호의 행동은 무척이나 생소했다.

하지만…… 그것이 그리 나쁘지 않았다.

얼결에 받아 든 주먹밥.

차갑게 식어 버린 그 주먹밥에서 온기가 느껴진다는 생각이 든 건 대체 왜일까?

손에 쥐고 있던 주먹밥을 말없이 바라보던 십삼 호가 이내 피식 웃으며 중얼거렸다.

"……싱겁긴."

말과 함께 십삼 호가 입에 주먹밥을 가져다 댔다. 그렇게 건네받은 주먹밥을 한입 물어 우물거릴 때, 그 모습을 보고 있던 칠 호가 환하게 웃으며 말했다.

"내가 준 거 먹었으니까 이제 내 동생 하는 거다?"

"겨우 이런 주먹밥 하나로 형 하는 건 너무한 거 아냐?"

"싫으면 이 주먹밥 원래대로 돌려놓든지."

말과 함께 칠 호는 장난스러운 표정을 지어 보였고, 그 모습에 십삼 호는 싫다는 듯 곧바로 입안에 주먹밥을 쑤셔 넣었다.

그러고는 이내 몇 번 우물거리던 주먹밥을 꿀꺽 삼키고는 빈손을 보여 주며 말했다.

"주먹밥 하나에 이렇게 된 게 분하긴 한데 아무래도 이젠 되돌리기 힘들 것 같은데?"

십삼 호의 그 말에 칠 호가 입을 가리고는 킥킥 웃었다.

그렇게 두 사람이 마음을 터놓고 지낸 지 약 한 달 정도의 시간이 흘렀을 무렵이었다.

조금씩 늘어나던 번호는 팔십사 번에 이르러 멈추어 섰고, 이곳에 있는 무리도 몇 개로 나뉘었다.

무공에 재능이 있는 아이들이라고는 하지만 아직까진 어린아이.

거기다가 무공을 익힌 상태도 아니었다.

그저 아직까진 재능이 있는 아이들을 한곳에 모아 둔 것에 불과한 상태였기에 상대적으로 덩치가 좋고 힘이 센 아이들이 유세를 부리는 건 당연한 순리였다.

하지만 그 아무리 힘이 좋은 이들이라고 해도 십삼 호에게 시비를 거는 이는 아무도 없었다.

여덟 살부터 열 살 정도로 구성된 무리.

당연히 가장 어린 나이인 여덟 살에 속한 십삼 호는 상대적으로 덩치도 작고 힘도 약할 수밖에 없었다. 하지만 고아로 자라나며 모진 경험을 한 그를 평범하게 자란 아이들이 감당하기는 어려웠다.

처음엔 뭣도 모르고 시비를 걸었던 이들이 모두 십삼 호에게 나가떨어졌고, 결국은 그 누구도 건드리지 않게 된 것이다.

설령 많은 숫자로 덤벼들어도 상황은 크게 다르지 않았

다. 그 자리에서 흠씬 두들겨 맞아도, 결국 어떻게든 복수를 해내고야 마는 그 독한 성격에 모든 이들이 두 손을 들어 버리고야 만 것이다.

거기다가 이쪽에서 건드리지 않는 이상 먼저 문제를 일으키지 않는 성격을 지닌 십삼 호였기에 괜한 긁어 부스럼은 피하는 것이 상책이었다.

그렇게 산 위에 위치해 있는 장원에 팔십사 번의 아이로 무리의 수가 고정된 그 무렵.

조용했던 그곳에 커다란 폭풍이 다가오고 있었다.

산을 오르고 있는 한 명의 중년 사내.

이곳을 지키고 있던 모두가 긴장한 채로 그를 맞았다.

회의실에 나타난 사내는 이곳을 관리하는 이와 마주했다.

그리고 그곳에서 그가 내뱉은 한마디.

"팔십 명이라…… 너무 많군."

그 한마디는 이곳에서 지내고 있던 아이들에게 일어날 피바람의 전조였다.

사내의 말에 수하가 조심스레 물었다.

"그럼 어찌하면 좋을까요?"

"한 다섯 명 정도로 줄여. 그중에서 고를 테니까."

팔십 명이 넘는 이들 중 단 다섯 명만을 추리기 위해 펼쳐질 시험. 그건 어린아이들이 감당해 내기 어려운 수준의 것이었고, 실패자에겐 그만한 대가가 따를 수밖에 없었다.

수하가 재차 질문을 던졌다.

"그럼 망가진 아이들은 어떻게 할까요?"

"어떻게 하긴. 쓸모가 없어진 낙오자에게 정해진 운명은 하나 아닌가?"

대수롭지 않다는 듯한 어투로 그자가 말을 이었다.

"죽여."

*   *   *

팔십사 명의 아이들이 갇혀 있던 정체불명의 산속 장원.

그곳에 피바람이 불어닥쳤다.

가장 먼저 시작한 것은 신체를 확인하는 것이었다.

무공에 뛰어난 성과를 보일 법한 근골을 지닌 아이들로 구성된 무리.

몇 번이고 선별하여 이곳까지 온 아이들이었지만 다시 한번 이들을 분류하기 시작한 것이다. 그리고 대략 절반 가까운 숫자가 낙오자로 분류되었다.

떨어진 절반은 이 산을 떠나야만 했고, 이곳에는 나머지 사십오 명의 아이들만이 남게 됐다.

고작 여덟 살에서 열 살 남짓한 아이들이었다.

그런 어린아이들이 모여 있는 방 안으로 수십여 명의 인물들이 들어섰다. 그들의 손에는 커다란 몽둥이가 들려 있었다.

덩치에서부터 힘까지 비교도 안 되게 강한 이들.

그런 그들이 갑자기 아이들을 향해 몽둥이를 휘두르기 시작했다.

이유 같은 건 말해 주지 않았다.

그 과정에서 수많은 아이들이 다치거나 죽어서 낙오됐다. 하지만 그건 시작에 불과했다.

이후에도 아이들은 계속해서 여러 가지 방법으로 신체적인 고통을 받아야만 했다.

그리고 그 단계가 끝나자 그들은 다른 방식을 사용하기 시작했다.

상처가 채 낫기도 전에 아이들은 정체를 알 수 없는 뭔가를 먹어야만 했다.

그 대가는 참혹했다.

"우, 우욱!"

속에 있는 걸 게워 내던 어린 소년 하나가 결국 피를 토하며 쓰러졌다. 그러자 근처에 앉아 아이들을 감시하고 있던 사내 하나가 다가와 상태를 살폈다.

아직 숨은 붙어 있는 상태였지만 한눈에 봐도 속이 모두
망가진 것이 분명했다.

잠깐 상태를 확인하던 사내가 이내 무감각한 어투로 입
을 열었다.

"처분해."

명령이 떨어지자 인근에 있던 다른 누군가가 나타나 그
아이를 데리고 사라졌다.

너무도 끔찍한 상황이었지만 방 안에 있는 아이들 중 그
누구도 이 같은 일에 반응하지 않았다.

그들 역시 고통을 이기기 위해 몸부림치고 있던 까닭도
있었지만, 이 같은 상황이 익숙해진 이유가 가장 컸다.

남아 있는 아이들 모두가 알고 있었다.

지금 사라진 아이를 다시는 볼 수 없을 거라는 사실을.

아이들은 현재 독을 먹은 상태였다.

딱 죽지 않을 정도의 극독. 그걸 버텨 내고, 못하고는 정
신력의 싸움이었다. 약한 자는 죽고, 강한 자만 살아남는다.

한 달에 가까운 시간.

각양각색의 방법으로 몇 번이고 극도의 고통을 주며 아
이들을 선별해 나갔다.

무인으로서의 정신력, 그리고 신체적 한계까지.

그동안 마흔다섯 명이었던 아이들의 숫자는 절반 이하로

뚝 떨어져 있었다.

그리고 그 안에는 십삼 호도, 칠 호도 있었다.

오늘도 목숨을 부지한 두 소년은 자리에 누운 채로 거친 숨을 몰아쉬고 있었다.

"헉헉."

칠 호는 자신의 배를 움켜쥔 채 바닥에서 몸을 웅크렸다. 슬쩍 벌어진 입에서는 연신 침이 줄줄 흘러내렸다.

그를 향해 십삼 호가 걱정스레 말을 걸었다.

"형, 괜찮아?"

"……."

십삼 호의 질문에 칠 호는 고개를 끄덕였다.

지독한 고통. 그렇지만 십삼 호의 상태는 칠 호에 비해 훨씬 나아 보였다. 그런 그를 칠 호가 슬쩍 부럽다는 눈으로 올려다봤다.

칠 호가 힘겹게 물었다.

"넌 괜찮아?"

"나는 뭐……."

안 아플 리가 없지 않은가.

오장육부가 찢어지는 것만 같은 고통에 휩싸였던 그다.

하지만 자신보다 더 고통스러워하는 칠 호 앞에서 차마 아프다는 말을 하기가 어려웠다.

칠 호는 슬그머니 시선을 돌리며 주변을 살펴봤다.

캄캄한 방 안은 예전과는 달리 무척이나 휑했다. 그만큼 많은 인원들이 사라졌다는 의미이리라.

그가 힘 빠진 목소리로 물었다.

"몇 명이나 남았을까?"

"얼추 열 몇 명 정도 되는 거 같은데."

주변을 둘러본 십삼 호가 어둠 속에 있는 아이들을 확인하며 답했다.

물론 이 또한 확실한 건 아니었다.

아직까지는 살아서 누워 있지만, 그들이 모두 내일 뜨는 해를 볼 수 있을지는 장담할 수 없었으니까.

한 치 앞도 알 수 없는 미래.

그런 끔찍한 어둠을 이토록 어린아이들이 감당하고 있었다.

그로부터 나흘의 시간이 흘렀다.

독에 당해 버텨 내지 못한 아이들이 사라진 방에는 회복된 아이들만 남아 있었다.

죽음이 가득하던 이곳에 오랜만에 찾아온 평화.

십삼 호가 의아한 표정을 지어 보였다.

'뭔가 이상한데.'

무려 나흘이다.

대략 이틀 간격으로 여러 가지 시험들을 해 대던 그들이다. 그런데 이번엔 무려 나흘 동안이나 아무런 일도 없었다.

일부의 아이들은 이 상황을 마냥 즐거워했지만…….

십삼 호는 갑자기 찾아온 이 평화로운 상황이 오히려 의심스러웠다.

마치 폭풍이 불기 전의 고요함 같다고 해야 할까?

이 평화가 머지않아 닥칠 상상조차 하기 힘든 끔찍한 일의 서장처럼 느껴졌다.

그렇게 십삼 호가 평화로운 이 상황에 의구심을 가지고 다시금 나흘의 시간이 더 지났을 무렵 마침내 걱정했던 일이 벌어졌다.

뚜벅뚜벅.

발걸음 소리와 함께 열린 문, 바깥에서 익숙한 얼굴의 사내가 들어왔다. 이곳의 아이들을 총괄하는 인물로 그가 나타나면 언제나 끔찍한 일이 벌어지곤 했다.

아이들 또한 그 사실을 알기에 사내가 등장하자 모두의 표정이 딱딱하게 굳어 버렸다.

자신을 향한 두려움 가득한 시선을 느꼈는지 사내가 피식 웃었다.

한쪽에 있는 자리에 가서 앉은 그가 웃는 얼굴로 말했다.

"다들 안색이 좋군그래. 한동안 푹 쉬었지?"

"······."

누구도 대답을 하지 못하는 그때 그가 갑자기 눈살을 찌푸리며 손을 휘둘렀다.

파앙!

뻗어져 나간 장력이 방 한쪽에 있던 탁자를 박살을 내 버렸다. 산산조각 나며 주변으로 터져 나가는 탁자의 모습에 아이들은 식겁을 한 듯 뒷걸음질 쳤다.

그런 아이들을 향해 사내가 입을 열었다.

"물었으면 대답을 해야지. 벙어리 새끼들도 아니고."

"네, 네!"

몇몇 아이들이 기겁한 듯 서둘러 소리쳤다.

그제야 만족스러운 표정을 지어 보인 그가 아이들을 향해 말을 이어 갔다.

"여기까지 버티느라 고생들 했다. 좋은 소식과 나쁜 소식이 하나씩 있는데 뭐부터 전해 줘야 좋을까."

말과 함께 사내는 고민된다는 듯 자신의 턱을 어루만졌다. 하지만 그에게 진짜로 아이들을 향한 마음 따위가 존재할 리 없었다.

그에게 이곳에 있는 아이들은 그저 하나의 장기짝과도

같았다.

잠시 고민하는 척하던 사내가 이내 말했다.

"그럼 좋은 소식부터 전하지. 이제 너희가 통과해야 할 관문이 단 하나가 남았다는 거다. 어때? 다들 좋지?"

사내의 말에 아이들의 얼굴에 화색이 돌았다.

사실 다들 너무나 무서웠다.

이유를 알 수 없는 실험들이 끊임없이 이어졌다. 그리고 무엇보다 두려웠던 건 이것이 대체 언제 끝날지 모른다는 것이었다.

그런 와중에 마침내 그 끝을 알게 됐다.

아이들의 입장에서 어찌 다행이라 하지 않을 수 있겠는가.

그렇게 아이들의 얼굴이 밝아지는 순간, 기다렸다는 듯 사내가 말을 이었다.

"그럼 이제 나쁜 소식을 말해 줘야겠지?"

아이들의 얼굴에 맺혀 있는 희망.

그리고 그 희망을 깨트릴 때…… 사내는 희열을 느꼈으니까.

"너희들 열다섯 명. 이 중에 오직 다섯 명만이 살 수 있다. 그리고 너희는 그 다섯 명이 되기 위해 서로를 죽여야만 한다."

충격적인 말에 아이들은 놀란 눈으로 옆에 있는 이들을 확인했다.

긴 시간을 함께하며 나름 친밀해진 얼굴들.

그런 이들을…… 자신의 손으로 죽여야 한단다.

사내의 말은 그게 끝이 아니었다.

"살아남은 다섯, 그중에 단 한 명만이 선택받는다. 나머지 넷이 어찌 될지는 나도 모르지만…… 아마도 지금처럼 살다가 죽지 않을까? 하하!"

말을 내뱉은 그가 재미있다는 듯 웃었다.

하지만 그와 반대로 아이들의 표정은 사색이 되어 있었다.

생존자 열다섯.

어쩌면 그중 살 수 있는 이는…… 단 한 명뿐이었으니까.

*　　　*　　　*

바로 이튿날.

아이들에게는 각자 한 자루의 단검이 쥐어졌다. 그리고 약 이틀 정도 먹을 분량의 식량이 배식된 것이 전부였다.

손에 단검을 쥔 아이들의 얼굴은 긴장으로 바짝 굳어 있었다.

모두가 무공조차 모르는 아이들이다.

그런 그들이 이렇게 사람을 죽이기 위해 무기를 들어 봤을 리 만무했다.

이곳의 관리를 맡은 사내는 모두에게 필요한 걸 나눠 준 후 단상 위에 올라선 채로 굳어 있는 아이들을 향해 말했다.

"어제 말한 것처럼 단 다섯 명의 생존자만 남기는 시험을 시작하지. 장소는 이 산 전체다. 숨어도 좋고, 도망만 다녀도 좋다. 그래서 살 수 있을지는 모르겠지만 각자의 방법으로 최후의 오 인이 되면 그뿐이다. 지금 바로 산으로 움직이지만, 상대를 죽이는 건 내일 정오 이후부터 시작한다. 그동안 각자 필요한 걸 준비해 두라고."

사내는 이어 간단한 규칙을 설명했다.

"누군가가 죽은 게 확인될 때마다 우리는 옆에 있는 이 종을 울릴 거다. 그걸로 너희는 몇 명이 남았는지 짐작하면 되는 거고. 그리고 이것 하나는 반드시 명심해라. 이 산 아래는 이미 우리 쪽 사람들이 모두 포위하고 있다는 걸. 혹시라도 산을 벗어나 도망치려 한다면……."

말과 함께 사내가 허리에 차고 있던 검을 뽑아 들더니 이내 한쪽을 향해 검기를 날렸다.

그곳에 서 있던 나무의 밑동이 깨끗하게 잘려 나갔다.

쿠웅.

커다란 나무가 쓰러졌고, 사내가 허리에 검을 차며 말을 이었다.

"그 즉시 죽는다는 걸 명심해라."

이미 이 산 자체가 자신들의 손아귀에 있는 상황.

무공도 모르는 어린아이들이 빠져나간다는 건 애초에 불가능한 일이었다.

모든 이야기가 끝났음에도 불구하고 아이들은 머뭇거릴 뿐이었다. 그 모습을 바라보던 사내가 이내 비웃듯 말을 이었다.

"먼저 움직이는 쪽이 유리할 텐데. 나중에 움직이면 표적이 되기 십상이거든."

사내의 그 말에 일부의 아이들이 서둘러 뒤편에 있는 길을 통해 산속으로 뛰어들었다. 그리고 누군가가 움직이자 뒤이어 다른 이들 또한 움직이기 시작했다.

그렇게 모든 아이들이 사라진 빈 장소를 바라보던 사내가 픽 웃었다.

"어떻게 되려나. 뭐 이미 어느 정도 예상이 가는 놈들이 있다마는."

살아남을 수 있는 다섯 명의 아이들.

이제 막 싸움이 벌어졌지만 사내는 그 다섯 중 몇 명은 누가 될지 짐작하는 바가 있었다.

"칠 호와 육십이 호. 그리고…… 십삼 호."

칠 호와 육십이 호는 모든 이들 사이에서 두드러지는 존재였다. 칠 호는 많은 이들과 두루 친하게 지냈고, 개인적 능력도 뛰어났다.

선한 인상과 부드러운 화법에 많은 아이들이 그를 좋아했다.

그에 비해 육십이 호는 완전히 반대인 아이였다.

그는 덩치도 크고 아이들을 힘으로 내리눌렀다. 그렇지만 그 힘에 이끌려 많은 이들이 따르는 아이. 실질적으로 가장 많은 아이들을 데리고 다니던 패거리의 우두머리이기도 했다.

마지막으로 십삼 호.

이 아이는 저 둘과는 또 달랐다.

칠 호를 제외하고는 누구와도 가까이 지내지 않았지만, 반대로 누구도 건드리지 못하는 아이.

아무런 말도 하지 않고 있음에도 불구하고 쉽사리 대하기 어려운 느낌이 들게 만드는 그 묘한 분위기는 그 아이가 만만한 상대가 아니라는 걸 말해 주고 있었다.

그 세 명을 번갈아 떠올리던 사내가 재미있다는 표정을 지어 보였다.

과연 어떻게 될지 궁금했다.

자신의 예상대로 이 셋 모두가 생존해서 다섯 명 안에 들 수 있을지 아니면…… 자신의 예상과는 전혀 다른 결과가 나올지를.

그건 결과가 나올 때까지 아무도 장담할 수 없는 일이었다.

다섯 명이 남을 때까지 서로를 죽여야만 하는 싸움.

이 일을 벌인 건 단순히 숫자를 줄이기 위해서가 아니었다.

아이들끼리 그들은 서로가 서로를 죽여야만 했다.

그렇게 이 싸움의 승자가 된다 한들 그 아이가 어찌 멀쩡하겠는가.

정신적으로 망가질 것이 분명했다.

그렇게 사람 사이의 정(情)이나 의리 같은 전혀 쓸모없는 걸 마음에서 지우게 될 것이다. 자신들에게 필요한 건 협객이 아니었다.

그 어떠한 일이라도 해내는 냉혈한.

사사로운 마음 따위에 흔들리지 않는 끔찍한 살인귀를 원했다.

그리고 지금 이 일은 그 같은 살인귀를 만드는 과정의 초석을 다지는 단계였다.

이번 일의 결과가 내심 궁금한 사내가 아이들이 사라진 산길을 향해 시선을 돌린 채로 중얼거렸다.

"어떻게 되려나."

＊　　　＊　　　＊

앞장서서 나아가는 십삼 호의 뒤로 칠 호가 빠르게 따라 붙었다. 칠 호가 풀들을 헤치며 나아가는 십삼 호를 향해 질문을 던졌다.

"같이 갈 거지?"

"당연하지. 형은 그럼 혼자 가려고 했어?"

"……그럴 리가."

십삼 호의 말에 칠 호가 씩 웃으며 대꾸했다.

남은 아이들 사이에서도 두드러지는 실력을 보인 칠 호와 십삼 호다. 이 둘이 뭉친다면 나머지 아이들이 그리 무섭지 않았다.

뒤에서 따르던 칠 호가 물었다.

"어떻게 할 거야? 우리가 먼저 선수를 칠래? 아니면 그냥 기다리면서 숫자가 줄어들면 그때……."

말을 하는 그때 앞장서서 나아가던 십삼 호가 갑자기 걸음을 멈춰 섰다.

고개를 돌린 십삼 호의 표정은 일그러져 있었다.

"형, 무슨 소리를 하는 거야."

"응?"

돌변한 십삼 호의 표정에서 뭔가를 느낀 칠 호가 조심스레 되물었을 때였다.

십삼 호가 상기된 목소리로 말했다.

"같이 지내던 아이들을 죽이자고? 난 그런 짓 절대 못 해."

십삼 호의 말에 이번엔 칠 호의 얼굴이 일그러졌다.

그가 화가 난 듯 받아쳤다.

"누군 죽이는 게 좋아서 이러겠어? 하지만 죽이지 않으면 우리가 죽어! 너 설마 손에 피를 묻히지 않고 그냥 다른 애들끼리 싸우다가 자연히 다섯 명 안에 들기를 바라는 거야? 뭐, 그것도 나쁜 생각은 아니지. 하지만 그게 뭐가 달라? 어차피 우리가 살려면 그만큼 죽어야 해. 직접적으로 죽이지는 않지만 결국 우리 때문에 누군가가 죽는 거라고!"

칠 호가 정신 차리라는 듯이 몰아쳤다.

그리고 그 말이 끝나는 순간 기다렸다는 듯 십삼 호가 답했다.

"다른 방법이 하나 있잖아."

"……다른 방법?"

되묻던 칠 호가 이내 놀란 듯 눈을 치켜떴다.

지금 상황에서 다른 방법이라고 할 만한 것이라면 하나뿐이었으니까.

칠 호가 당황한 듯 입을 열었다.

"너 설마……."

놀란 그를 향해 십삼 호가 자신의 생각을 드러냈다.

"난 이 산에서 도망칠 거야, 형."

죽고 죽이는 잔인한 싸움.

십삼 호는 이 일에 개입하고 싶지 않았다. 하지만 칠 호의 말대로 그저 방관을 하겠다는 의미도 아니었다.

자신이 산다는 것.

칠 호의 말대로 그건 곧 다른 누군가가 죽어야 한다는 의미였으니까.

그랬기에 십삼 호는 아예 이 규칙에서 벗어나고자 했다. 살아서 이 산을 도망쳐 나가는 것. 그것이 자신도 살고, 또 다른 누군가도 살 수 있는 유일한 방도라고 생각했으니까.

힘이 없는 어린아이인 십삼 호가 지금 할 수 있는 최선의 선택, 그게 바로 이것이었다.

겨우 한 명의 목숨일 뿐이다.

하지만…… 그 한 명이라도 구하고 싶었다.

그리고 자신의 그 계획에 다른 누군가가 동조했을 때…… 살아남게 되는 사람은 또 하나 늘 수 있었다.

바로 지금처럼.

"어차피 무인인 그들이 감시하는 상황에서 산을 빠져나가는 건 불가능해. 그래서 난 그들이 내가 죽었을 거라 판단할 때까지 산에 숨어 있을 생각이야. 다행히도 시작이 내일 정오니까 그 전까지 그들 몰래 준비할 시간도 있고."

십삼 호의 말에 칠 호는 움찔했다.

섣불리 입이 떨어지지 않았다.

곧 칠 호가 고개를 절레절레 저으며 답했다.

"생각은 좋지만 불가능해. 먹을 거라고는 고작 이것뿐이잖아."

이틀 치의 식량으로 버티는 건 한계가 있었다.

아무리 아껴 먹는다고 해도 오 일.

그 이상은 무리였다.

칠 호의 말을 듣는 순간 기다렸다는 듯 십삼 호가 품 안에서 뭔가를 꺼내어 들었다.

그걸 보는 순간 칠 호는 놀란 얼굴로 십삼 호를 바라봤다.

그것은 상태가 그리 좋지 않은 주먹밥들이었다.

처음 뭔가가 이상했다고 느낀 그날부터 십삼 호는 만약의 사태를 대비하여 식사를 평소의 절반으로 줄였다. 그리고 나머지는 몰래 숨긴 채로 상황을 지켜봤다.

만약의 일이 벌어지면 이 음식들이 도움이 될지도 모른다 여겨서였다.

고아로 살며 배고픔이라는 것이 주는 두려움을 너무도 잘 알았던 십삼 호다. 그런 그이기에 할 수 있었던 생각들.

물론 며칠이 지난 주먹밥들이다 보니 상태가 좋을 리는 만무했다.

허나 그런 것 따위 상관없었다.

허기만 달랠 수 있다면 이보다 더한 것도 씹어 삼킬 수 있었다.

십삼 호가 말했다.

"버틸 생각이야. 열흘이고 한 달이고 좋으니까 계속 버틸 거야."

주어진 소량의 음식.

그리고 자신이 미리 챙겨 둔 이 주먹밥까지.

거기다가 산에 있는 나무뿌리도 잔뜩 뜯어 먹을 수 있는 건 뭐든 챙길 생각이었다. 그 상태로 깊은 땅굴을 파서 몸을 감출 것이고 그들 모두가 자신이 죽었다고 생각할 때까지 버티면 된다.

먼저 포기하는 쪽이 지는 싸움.

십삼 호는 아이들이 아닌 이 끔찍한 일을 벌이는 그들과의 싸움을 택했다.

십삼 호가 아직까지 아무런 말도 하지 못하는 칠 호를 향해 입을 열었다.

"형, 우리가 이러면 두 명이 더 살 수 있어. 같이할 거지?"

함께하자고 제안하는 십삼 호의 모습.

그 모습을 가만히 바라보던 칠 호가 이내 입술을 꽉 깨물었다.

"……알겠어."

"역시 형이라니까."

자신의 제안을 받아들이는 칠 호의 모습에 십삼 호가 환하게 웃었다.

그러고는 이내 몸을 돌린 십삼 호가 말을 이었다.

"내가 둘이 각자 숨을 만한 땅굴을 팔게. 그러면 형은 그 사이에 근처를 돌면서 오랫동안 놔두고 먹을 만한 것들을 주워 오면……."

길게 이야기를 이어 나가며 더욱 깊숙한 산길로 들어서는 십삼 호.

그리고 그런 그의 뒷모습을 칠 호는 말없이 바라보고 있었다.

10장. 돌아오다
― 손대지 마

　어린 소년 십삼 호의 기나긴 계획이 시작되었다.

　고아였던 탓에 거처도 없이 오랜 시간을 떠돌아다녔던 그다. 덕분에 어린 나이에도 능숙하게 땅굴을 팠고, 바람과 사람들의 눈길을 피할 수 있는 위장막까지 준비했다.

　거기다가 상대는 무인이었기에 단순히 몸을 숨기는 수준이 아니라 꽤나 깊게 파서 더욱더 안쪽에 숨을 수 있도록 만들었다.

　하루.

　그동안 십삼 호는 칠 호와 자신이 머물 두 개의 땅굴을 만들었고, 남는 시간에는 주변에서 먹을 수 있는 걸 최대한 챙겼다.

대부분이 나무껍질이나, 줄기 정도였지만 그것만으로도 어느 정도 허기를 달래는 건 가능했다.

그리고 땅굴 안쪽에는 얇은 대나무 하나를 준비해 둬서 혹시라도 비가 왔을 때 바깥으로 나가지 않고 안쪽으로 물을 끌어들일 수 있도록 했다.

장기전에 식수는 필수였으니까.

버틸 준비는 끝이 났지만, 아직 해야 할 중요한 한 가지가 남아 있었다.

그건 바로……

스윽.

십삼 호는 무표정한 얼굴로 자신의 손바닥을 날카로운 돌로 긁었다. 손바닥에서는 연신 피가 흘러나왔고, 십삼 호는 그걸 자신이 입고 있던 겉옷에 묻혔다.

그냥 숨어 있는 걸로는 안 됐다.

자신들이 죽은 흔적을 남겨야 그들 또한 두 사람이 죽었다고 판단하여 다른 두 명의 아이들을 살려 줄 테니까.

십삼 호와 마찬가지로 칠 호 또한 자신의 겉옷을 벗어서 그곳에 피를 묻혔다.

그렇게 준비를 끝낸 둘은 옷을 날카로운 돌을 이용해 찢어 마치 맹수에게 당한 것처럼 꾸몄다. 그리고 지저분한 흙까지 마구 문대서 더더욱 확인하기 어렵게 만들었다.

그렇게 가짜 피투성이 옷을 만든 두 사람은 자신들이 숨을 땅굴이 있는 곳에서 다소 떨어진 위치에 그것을 가져다 두었고, 이내 원래의 장소로 돌아왔다.

모든 준비를 끝마친 십삼 호는 곧바로 땅굴 안으로 숨어들었다.

정오가 되면 그때부터 아이들은 서로를 죽이기 위해 움직일 것이고, 마찬가지로 자신들의 생사 여부를 확인하기 위해 무인들 또한 나서게 될 테니까.

만약 숨기 전에 그들에게 위치가 노출된다면 자신이 죽었을 거라 판단할 정도로 긴 시간 몸을 감추는 것 자체가 불가능한 일이었다.

그랬기에 십삼 호는 보다 빠르게 땅굴에 숨었고, 그건 칠호 또한 마찬가지였다.

땅굴 안에 숨은 그 둘은 쥐 죽은 듯 시간을 보냈다.

십삼 호는 자신이 챙겨 왔던 주먹밥을 정확하게 반으로 나눠 칠 호에게도 전해 줬다.

그렇게 시간이 흘렀다.

하루, 이틀…… 그리고 팔 일.

준비해 둔 음식이 그 끝을 보여 가고 있는 이때, 그보다 더욱 큰 문제는 바로 물이었다.

식사는 그나마 어떻게든 준비해 둘 수 있었지만 물은 한 계가 있었다. 그랬기에 어느 정도 비에 의존하고 있었는 데…….

땅굴 안에서 기대어 앉은 십삼 호의 얼굴은 핼쑥했다. 그는 위장막으로 막아 둔 위쪽을 바라보다 지그시 눈을 감았다.

'며칠째 안 오는 거야.'

시기는 우기였고, 당연히 잦은 비가 내려야 할 때였다. 그런데 어찌 된 일인지 생각보다 비가 오지 않았다. 그 때문에 계획과는 다르게 물의 공급이 어려워졌다.

며칠째 제대로 입술조차 축이지 못했고, 이대로는 들키는 것을 걱정하기 전에 목숨을 걱정해야 할 판이었다.

십삼 호는 멍한 정신을 최대한 붙잡았다.

팔 일 전 시작된 서로 죽고 죽이는 싸움.

그리고 생존자의 숫자는 이제 아홉이었다.

허나 그 숫자는 나흘 전부터 변하지 않았다. 계속해서 유지되는 아홉이라는 숫자, 대체 무슨 일이 있는 것일까?

그리고 그 아홉이라는 숫자에 자신들이 포함된 것인지, 아닌지도 알 수 없었다.

제대로 된 식사도 하지 못하고 물도 마시지 못해 점점 힘들어지는 그때 갑자기 위쪽에서 자그마한 소리가 들렸다.

들려오는 소리에 십삼 호는 퍼뜩 정신을 차렸다.

그러고는 곧바로 그들에게서 받았던 단검을 꽉 움켜쥐는 그때.

슬쩍 열린 위장막 너머에서 칠 호의 모습이 보였다. 옆에 있는 땅굴에 숨어 있어야 할 그가 이렇게 나와 있자 놀란 듯 십삼 호가 입을 열었다.

"형?"

"아무래도 안 되겠어. 내가 물을 좀 구해 올게."

한층 수척해진 얼굴로 칠 호가 말했다. 그런 그를 향해 십삼 호가 억지로 몸을 일으켜 세우며 고개를 저었다.

"그러다가 발각되면……."

"멍청아. 이러다가는 그 전에 죽어. 어떻게든 살아야 우리 계획도 성공하는 거 아냐. 내가 물과 먹을 걸 가지고 올게. 그러니까 넌 걱정하지 말고 기다려. 형이 어떻게든 해볼 테니까."

형이 어떻게든 하겠다는 그 말에 이런 상황임에도 불구하고 십삼 호가 힘없는 얼굴로도 웃음을 흘렸다. 그가 중얼거렸다.

"하여튼 그놈의 형 소리는."

"웃는 걸 보니 아직 버틸 힘은 남아 있나 보네. 조금만 기다려. 다녀올 테니까."

"조심해."

"응."

고개를 끄덕인 칠 호는 이내 손으로 일부분 걷었던 위장막을 원위치로 옮겨 놨다. 그리고 칠 호가 사라진 상황에서 십삼 호는 옆에 놔둔 나무껍질을 입에 쑤셔 넣었다.

혼미해져 가는 정신을 어떻게든 붙잡고 있기 위해서였다.

나무껍질에서는 떨떠름한 맛이 났지만, 그 덕분에 십삼 호는 정신을 붙잡고 있을 수 있었다. 그리고 덩달아 나무껍질에서 나오는 소량의 물로 미세하나마 갈증을 달랬다.

눈을 감은 채로 그렇게 약 반 시진 가까이를 나무껍질만 씹어 대던 그때였다.

탁, 탁.

들려오는 발걸음 소리.

그 소리에 반응하듯 십삼 호가 고개를 들었을 때였다. 위장막 너머에서 갑자기 무엇인가가 쏟아져 들어왔다.

그것은 그토록 바라던 물이었다.

촤아아악!

얼굴로 거세게 부어지는 물줄기.

하지만 이건 비가 아니었다.

누군가가 땅굴 안쪽으로 물을 쏟아붓고 있었던 것이다. 피할 곳도 없는 좁은 장소였기에 십삼 호는 쏟아지는 그 물줄기를 고스란히 맞아야만 했다.

돌로 땅굴을 만든 것이 아니었기에 쏟아진 물이 공간을 채운 건 아니었지만, 흙과 뒤섞이면서 내부는 진흙탕으로 변하기 시작했다.

십삼 호는 정신을 추슬렀다.

'이게 무슨 일이야?'

인위적으로 누군가가 벌인 짓이 분명한 상황이었다. 결국 더 버티다가는 상황이 악화될 것을 알았기에 십삼 호는 결단을 내렸다.

그가 서둘러 위장막을 거두며 몸을 일으켜 세운 것이다.

그리고 십삼 호가 땅굴 바깥으로 몸을 꺼내려는 그 직후였다.

휘익!

뭔가가 날아든다는 걸 직감한 십삼 호는 빠르게 몸을 옆으로 틀었다. 그리고 아슬아슬하게 그가 있었던 곳으로 단검 한 자루가 스치고 지나갔다.

간신히 피해 내는 것에는 성공했지만 그 단검이 어깨를 스치고 지나갔다.

"읏!"

피가 흘러내렸고, 흠뻑 젖은 십삼 호는 그제야 주변을 확인할 여력이 생겼다.

이미 땅굴 주변에는 세 명의 아이들이 자리하고 있었다.

그들은 각자 손에 단검을 든 채로 십삼 호를 향해 적의를 드러내는 중이었다.

"너흰……."

십삼 호는 이들의 정체를 알았다.

자신과 함께 허름한 집에서 갖은 고통의 시간을 보냈던 아이들이다.

순간 그중 하나가 소리쳤다.

"죽어!"

고함 소리와 함께 달려드는 상대의 모습에 십삼 호는 퍼뜩 정신을 차렸다.

몸을 일으켜 세우긴 했지만, 땅굴을 워낙 깊이 파 둔 탓에 아직 완전히 땅 위로 나오지는 못한 상황이었다. 몸이 땅굴 안에 있으니 움직임이 제한적인 건 당연했다.

그렇게 피하지도 못하고 그 단검에 당할 것만 같은 위기일발의 순간…….

십삼 호의 눈에 달려드는 상대의 발이 보였다.

특별한 경험이 없었지만, 그는 본능적으로 움직였다.

파앗!

몸을 굽히며 찌르는 움직임보다 다가온 상대의 발목을 손으로 잡아채는 것이 더 빠를 수밖에 없었다.

덕분에 달려들던 상대는 발목이 잡혀 그대로 옆으로 쓰러졌고, 십삼 호는 그걸 이용해 오히려 바깥으로 뛰쳐나왔다.

하지만 상대는 한 명이 아니었다.

막 몸을 일으키는 순간 다른 아이 한 명이 단검으로 찌르고 들어왔다.

팍!

십삼 호는 서둘러 손으로 자신에게 날아드는 단검을 움켜잡았다.

"으으!"

입에서 절로 고통에 찬 신음 소리가 흘러나왔다.

동시에 단검의 날을 쥔 손바닥에서도 피가 뚝뚝 떨어져 내렸다.

가까워진 거리.

십삼 호는 마주한 상대의 눈을 똑바로 볼 수 있었다.

그리고 알았다.

자신을 향한 일말의 망설임도 없는 공격, 그리고 지금 저 싸늘한 눈빛까지.

"……이미 사람을 죽였구나."

굳이 대답을 듣지 않아도 알 수 있었다.

어쩌면 당연한 걸지도 모르겠다. 지금까지 살아 있다는 건 다른 누군가를 죽이지 않고는 어려운 일이었으니까.

"이 자식!"

옆에서 달려드는 또 한 명의 아이.

세 명의 서슬 퍼런 눈빛을 마주하고 있던 십삼 호의 얼굴
에 슬픈 빛이 서렸다.

누구와도 싸우고 싶지 않았다.

하지만…….

달려드는 상대를 재빠르게 발로 밀어내며 십삼 호는 손
에 쥐고 있던 단검을 뿌리쳤다.

피가 뚝뚝 떨어지는 주먹.

십삼 호가 손으로 입가를 스윽 닦아 내며 말했다.

"덤벼."

그냥 앉아서 죽어 줄 생각은 없었다.

*　　　*　　　*

십삼 호가 비틀거리며 움직이고 있었다.

세 명의 아이들과의 싸움. 그리고 그 때문에 그는 꽤나
큰 부상을 입어야만 했다.

옆구리와 다리, 그리고 이마도 찢어졌다.

단검을 움켜쥐었던 손바닥 또한 연신 피가 떨어져 내렸
는데…….

꽤나 부상을 입긴 했지만 그래도 십삼 호는 이겼다.

십삼 호는 그 세 명을 모두 혼절시킨 뒤 서둘러 자리를 떴다. 그곳에 더 있다가는 표적이 될지도 모른다고 생각해서였다.

서둘러 움직이는 십삼 호의 머릿속에는 오직 칠 호에 대한 걱정뿐이었다.

'형은 어디 간 거지? 어떻게든 찾아야 하는데⋯⋯.'

자신들이 있던 장소가 발각됐다.

그랬기에 그곳이 아닌 새로운 거점을 마련해야만 했다.

물론 이제는 감시의 눈길이 심해져 원래의 계획을 성공시킬 수 있을지는 미지수가 되었지만, 당장엔 칠 호를 찾는 것이 먼저였다.

칠 호를 찾기 위해 산길 위를 힘겹게 오르던 때였다. 그의 귓가로 뭔가 정체를 알 수 없는 소리가 들려왔다.

그 소리에 십삼 호가 고개를 들어 위쪽을 바라볼 때였다.

그곳에서 조금씩 가까워지는 정체불명의 무엇인가를 확인하는 순간 십삼 호의 얼굴엔 당황스러움이 스쳐 지나갔다.

그건 꽤나 큰 바위였다.

그리고 그 바위가 십삼 호를 향해 굴러 내려오고 있었다.

그것도 어마어마한 속력을 내면서.

쿠웅! 쿵!

지축을 흔들 정도로 커다란 소리. 길을 막으며 밀려드는 탓에 십삼 호의 선택은 하나밖에 없었다.

그는 망설일 틈도 없이 옆으로 몸을 날렸다.

하지만…… 그곳은 가파른 경사의 골짜기였다.

"으아아앗!"

십삼 호는 돌을 피하는 것에는 성공했지만 가파른 경사 위를 미친 듯이 굴러야 했다. 가파른 경사로 인해 빠른 속도로 떨어져 내려가던 십삼 호가 막 정신을 차리는 그때였다.

휑한 하늘이 눈에 들어왔다.

그건 곧…… 십삼 호의 앞에 절벽이 자리하고 있다는 뜻이었다.

그 사실을 안 십삼 호는 어떻게든 몸을 멈추려 했지만 이미 속도가 붙어 버린 몸은 그의 의지를 따르지 않았다.

부웅!

그렇게 길의 끝부분에 이르러 허공으로 막 날아오른 그때였다.

등골이 저릿저릿했고 온몸에 소름이 오싹 돋았다.

죽음이라는 것이 목전에 다가온 느낌이 무엇인지 알 수 있을 정도로.

그 같은 절체절명의 순간 십삼 호의 시야에 무엇인가가 들어왔다. 그것은 깎아지듯이 자리한 절벽 옆면에서 뻗어져 나온 나무뿌리였다.

십삼 호는 서둘러 손을 뻗었다.

그리고…….

타앙!

제법 질기고 긴 뿌리를 움켜쥔 십삼 호는 그대로 허공에 대롱대롱 매달린 채 절벽에 자리하고 있었다.

가까스로 목숨을 부지하는 것에는 성공했지만 그렇다고 해서 상황이 좋은 건 아니었다. 절벽은 가팔랐고, 위쪽에 있는 땅까지는 손이 닿지 않았다.

지금 할 수 있는 일이라고는 그저 막연하게 이 나무뿌리를 움켜쥐고 버티는 것뿐이었다.

거센 바람이 불었고, 절벽에 힘겹게 매달려 있던 십삼 호의 몸이 흔들렸다.

"으읔!"

아까의 싸움으로 다쳤던 어깨에서 재차 피가 흘러내리며 십삼 호는 작은 신음 소리를 흘렸다.

버티는 것에도 한계가 있었다.

하지만 혼자의 힘으로는 어떻게 해도 이 절벽을 오를 수가 없었다.

바로 그 순간이었다.

도저히 방법이 없다고 느낀 그때 절벽의 위쪽에서 누군가가 얼굴을 드러낸 것이었다. 상대의 얼굴을 확인한 십삼 호의 얼굴이 밝아졌다.

그 상대가 칠 호였기 때문이다.

십삼 호가 다급히 소리쳤다.

"혀, 형! 나 여기 있어!"

상대방을 확인하고 무척 반기는 십삼 호.

그렇지만…….

"……살아 있었네?"

그 당사자의 반응이 이상할 정도로 미적지근했다.

허나 그것에 의심을 하기도 전에 칠 호가 갑자기 단검을 꺼내어 들었다.

당연히 손을 내밀어 줄 거라 생각하고 준비를 하고 있던 십삼 호는 그런 그의 행동에 이해가 되지 않아 눈을 크게 치켜떴다.

칠 호가 단검을 든 채로 몸을 굽혔다. 그리고 그의 손이 향한 곳은…….

"형?"

십삼 호의 목소리가 작게 떨렸다.

칠 호의 단검이 자신이 쥐고 있는 뿌리의 끝부분에 닿아

있었기 때문이다. 단검을 뿌리에 가져다 댄 칠 호가 자신을
바라보는 십삼 호를 향해 천천히 입을 열었다.

"형은 무슨. 우리가 피로 이어진 사이도 아니고."

그 말에 십삼 호의 눈동자가 흔들렸다.

언제나 웃고 있던 칠 호였다. 그런데 지금 자신을 내려다
보는 칠 호의 눈빛에는 아무런 감정도 느껴지지 않았다.

마치 자신이 알던 이가 아닌 전혀 다른 사람과 마주한 듯
한 느낌.

하지만…… 이것이 진짜 그였다.

그랬다.

처음 만남부터 시작하여 그가 보인 모든 건 바로 이 칠
호의 계획일 뿐이었다.

칠 호는 처음부터 십삼 호라는 존재가 눈에 들어왔었다.

울거나 긴장해 있는 겁쟁이들과는 너무도 달랐으니까.
두 달 가까이 몰래 살펴보며 성격이나 여러 가지 부분을 파
악했다.

남에게 절대 지지 않는 독한 성격.

칠 호는 직감했다.

이 녀석은 쉽게 죽을 놈이 아니라는 걸. 그리고 이런 놈
과 손을 잡아 둔다면 자신에게 이득이 될 거라는 것도 알았
다.

그렇지만 또 알고 있었다.

결국 마지막까지 간다면 이놈은 자신의 위협이 될 존재라는 것도.

그랬기에 오히려 옆에 뒀다.

가장 위험한 상대였으니 그만큼 친하게 지냈고, 또 자신을 믿게 만든 것이다. 그리고 결국 그를 제거할 수 있는 기회가 왔다 생각한 지금 그간 숨겨 온 진짜 모습을 내비친 것이었다.

칠 호는 힘겹게 매달려 있는 십삼 호를 내려다보며 입을 열었다.

"십삼 호. 네가 숨어 있던 곳이 어떻게 들통났을 거라 생각해?"

"······너!"

버럭 소리를 내지르는 십삼 호를 향해 칠 호가 웃는 얼굴로 말했다.

"맞아. 바로 내가 알려 줬어. 그냥 거기서 죽었다면 깔끔했을 텐데····· 굳이 살아서 이런 식으로 내가 나서게 하네."

"처음부터 날 속였던 거냐?"

"응, 그렇지 않고서야 너 같은 놈이랑 어울릴 이유가 없잖아?"

십삼 호가 매달려 있는 나무뿌리를 자르는 시늉을 해 보이며 칠 호가 장난스럽게 말했다.

그간 있었던 일을 떠올리던 칠 호가 고개를 절레절레 저으며 말을 이었다.

"조금 더 이용해 먹으려고 했는데 어쩌다 보니 일이 이렇게 됐다만…… 오히려 잘된 건지도 모르겠네. 사실 형 동생 놀이에 슬슬 신물이 나던 차였거든. 멍청한 넌 그것도 모르고 좋아했던 것 같지만 말이야. 뭐, 그런 널 보면서 비웃는 것도 나쁘진 않았어."

"……."

아무런 말도 하지 않는 십삼 호를 향해 그 순간 퍼뜩 뭔가 생각난 듯 칠 호가 말을 이었다.

"아 참, 그리고 넌 몰랐겠지만 네가 그 냄새나는 땅굴에서 굶주리며 힘들어하는 동안 난 계속해서 바깥으로 나갔었어. 그리고 꽤 많은 녀석들을 내 손으로 직접 죽였지. 그래서 너랑 달리 밥이나 물도 엄청 잘 먹었고. 워낙 잘 먹은 탓에 네 앞에서 허기진 척 연기하는 건 꽤나 힘들었지만 말이야."

칠 호는 처음부터 십삼 호의 제안을 받아들일 생각이 없었다.

최후의 오 인에 들 자신이 있거늘 굳이 그런 위험한 일을 할 이유가 없지 않은가. 그리고 애초부터 칠 호는 이곳에서 떠나는 걸 목표로 했던 십삼 호와는 생각이 달랐다.

칠 호가 원하는 건 바로 이들의 선택을 받는 것이었다.

어차피 하찮은 인생을 살아오던 자신이다.

그러던 차에 찾아온 기회.

물론 그 과정에서 몇 번이고 죽을 뻔한 위기가 찾아오긴 했지만…… 그 모든 것이 끝나고 이제 마지막 순간에 다다라 있었다.

이곳까지 와서 돌아갈 이유는 없었다.

처음부터 속았다는 사실을 안 십삼 호는 나무뿌리에 매달린 채로 이를 꽉 깨물었다.

고아로 살아가던 자신에게 타인의 정이라는 걸 느끼게 해 준 이였다.

그랬기에 믿었는데…… 그 모든 것이 거짓이었다.

한심하게 이용만 당하다 버려지게 된 것이다.

칠 호가 웃으며 말했다.

"왜 아무 말도 없어? 울면서 매달려 봐. 평소처럼 형형거리면서 매달리면 내 마음이 약해질지도 모르잖아."

"……지랄하고 있네."

나무뿌리에 힘겹게 매달려 있는 와중에서도 십삼 호가 비웃듯 중얼거렸다. 그 모습에 칠 호의 웃고 있는 표정이 흔들렸다.

칠 호의 얼굴이 싸늘하게 돌변했다.

그러고는 이내 무표정한 얼굴로 십삼 호가 매달려 있는
뿌리에 단검을 가져다 댄 채로 말했다.

"맞아. 애초에 살려 줄 생각 따윈 없었어."

탁!

말과 함께 그의 단검이 십삼 호가 매달려 있던 나무뿌리
를 끊었다. 그리고 십삼 호는 그대로 절벽 아래로 떨어졌
다.

몇 번이고 가파른 절벽에 부닥치며 아래로 떨어지는 십
삼 호를 바라보던 칠 호가 천천히 몸을 돌렸다.

걸음을 옮기던 그가 입을 열었다.

"끝까지 맘에 안 드는 새끼."

그리고…….

대앵!

십삼 호가 절벽 아래로 떨어진 직후.

산 위쪽 정상에서 종소리가 거세게 울리기 시작했다. 마
치 십삼 호의 죽음을 알리기라도 하는 것처럼.

*   *   *

십삼 호가 죽었다.

그리고 아이들끼리 서로를 죽여야만 했던 이 마지막 관문 또한 조금씩 끝을 향해 달려 나가고 있었다.

십삼 호가 죽은 지 이틀 후.

마침내 생존자는 다섯이 되었다.

그리고 다섯 명이 되도록 마지막 사람의 숨통을 끊은 것은⋯⋯.

"쳇, 피가 튀었네."

투덜거리는 건 그간 순한 사람 행세를 하고 지내던 칠 호였다. 처음 이 마지막 관문을 시작할 때 생존자가 열다섯 명이었으니 죽은 이들의 숫자는 열 명이었다.

그리고 그들 중 십삼 호를 죽인 것까지 포함한다면 칠 호가 죽인 이들의 숫자는 무려 다섯이었다.

한마디로 사망자의 절반을 칠 호가 죽였다는 의미다.

고작 열 살의 나이.

그렇지만 사람을 죽이는 칠 호의 손에는 망설임이 없었다. 그건 다른 아이들과 그가 엄연하게 비교되는 부분이었다.

그리고 그 같은 일이 가능한 이유는⋯⋯.

이곳에 끌려오기 전부터 칠 호는 사람을 죽인 전적이 있었기 때문이다.

마지막 상대를 죽이고 대략 이 각 정도의 시간이 지났을 때였다.

대앵!

커다란 종소리가 울려왔고, 그건 곧 이제 남은 인원이 다섯이라는 걸 공식적으로 알리는 것이기도 했다.

끝나 버린 마지막 관문.

길목에 미리 자리하고 있었던 칠 호의 시선에 하나둘씩 모습을 드러내기 시작했다.

그렇지만…….

싸움이 끝났음에도 불구하고 아직 불안한 감이 없잖아 있는지 그들은 제각기 적당한 거리를 둔 채로 자리하고 있었다.

그러던 도중 누군가가 큰 소리와 함께 모습을 드러냈다.

"이야! 역시 칠 호, 살아 있을 줄 알았다니까."

주변을 소란스럽게 하며 나타난 그는 다름 아닌 이곳의 관리자가 주목하던 셋 중 한 명인 육십이 호였다.

열 살이라는 어린 나이에 어울리지 않는 커다란 덩치는 그를 또래보다 몇 살은 많아 보이게끔 만들었다.

그가 등장하자 생존자들 중 두 명이 빠르게 그에게 다가가 붙었다. 그 둘은 이 장원에서 육십이 호를 따르던 이들이었다.

육십이 호의 말에 칠 호가 픽 웃으며 답했다.

"그러는 너도 살았네. 뭐 살아 있을 법한 녀석들이 살았다고 봐야 되는 건가."

그 말에 육십이 호가 고개를 끄덕이며 대꾸했다.

"그러게. 다만…… 그 녀석이 없는 건 예상 밖이지만 말이야."

육십이 호가 말하는 것이 십삼 호라는 사실을 칠 호가 모를 리 없었다. 그렇지만 칠 호는 그런 그의 말에 크게 동요하지 않았다.

애초에 그가 자신을 도발하고 있다는 사실을 눈치챘기 때문이다.

육십이 호는 알고 있었다.

칠 호가 십삼 호를 배신했다는 사실을.

십삼 호가 숨어 있었던 땅굴에 대한 정보를 넘겨받은 대상이 바로 육십이 호였기 때문이다.

칠 호가 최대한 냉정한 어투로 말했다.

"무슨 말이 하고 싶은 건데?"

"별로. 그냥 좀 신기해서. 그렇게 형 동생 하면서 눈꼴시게 붙어 다니더니. 네가 그런 식으로 나올 줄은 생각도 못 했거든. 왜 갑자기 마음이 변한 거래?"

"그걸 네가 알 필요 있어?"

"뭐, 그것도 그런가."

육십이 호는 별 상관없다 생각했는지 가볍게 말을 흘렸다.

하지만 육십이 호의 말은 끝나지 않았다.

혼자 서 있는 칠 호를 향해 의미심장한 표정으로 말했다.

"그런데 어쩌냐? 이제 혼자 남았는데 내가 감당이 되겠어? 그놈이랑 같이 있어서 그래도 내 상대가 됐던 건데 말이야."

"……."

육십이 호는 언제나 칠 호와 십삼 호를 껄끄러워했었다.

눈엣가시 같은 존재들. 그렇지만 꽤 강한 둘이 같이 붙어 있는 바람에 많은 아이들과 패거리를 이루고 있던 그조차도 쉽사리 그들을 건드리지 못했다.

허나 이제는 상황이 달라졌다.

둘 중 하나인 십삼 호가 죽었고, 혼자 남게 된 칠 호 하나 정도는 어떻게든 자신이 상대할 수 있을 거라 여긴 것이다.

칠 호에게 조심하라는 듯한 경고를 남긴 그는 이내 옆에 있는 두 명의 아이들에게 가볍게 고갯짓을 했다. 그러고는 어깨에 잔뜩 힘을 불어넣은 채로 성큼성큼 걸어 나갔다.

"가자."

육십이 호의 말에 두 명의 아이들 또한 그를 따라 움직이는 그 순간이었다.

스윽.

옆을 스쳐 지나가는 순간 칠 호가 움직였다.

순식간에 뒤편으로 이동한 그는 육십이 호가 옴짝달싹하지 못하게 팔로 그를 옭아맸다.

뒤에서 팔로 목을 감싸 안은 칠 호가 짧게 말했다.

"감당할 필요 있겠어? 곧 죽을 놈인데."

말과 함께 칠 호의 손이 움직였다. 동시에 그의 손에 들려 있던 단검이 육십이 호의 목을 파고들었다.

순간 살이 찢겨져 나가는 소름 돋는 소리가 주변으로 퍼져 나갔다.

부욱.

그것으로 끝이었다.

육십이 호의 목에서는 피가 흘러나왔고, 그대로 그는 앞으로 고꾸라졌다.

쿵.

소리와 함께 바닥에 얼굴을 처박은 육십이 호.

누가 말릴 틈도 없이 벌어진 이 상황에 육십이 호를 따르던 두 사람도, 혼자 멀찍이 떨어져 있던 나머지 한 명까지도 모두 당황한 듯 뒷걸음질 쳤다.

그 와중에 육십이 호와 함께 다니던 두 명의 소년 중 하나가 거의 울먹이는 얼굴로 소리쳤다.

"야, 야! 이제 끝났는데 이게 무슨 짓이야?"

사람을 죽이는 일에 손을 담그긴 했지만, 아직 어린아이였다.

이처럼 눈앞에서 사람이 죽는 것이 충격으로 다가올 수밖에 없었다.

그에 비해 칠 호는 담담했다.

자신을 향한 소년의 외침에 칠 호는 피가 묻은 단검을 툭툭 털어 내며 시큰둥하게 답했다.

"아, 벌써 끝났던가? 난 아직 안 끝난 줄 알았지. 그리고 애초에 다섯 명이 되면 그 이후엔 죽이지 말라는 규칙이 있던 것도 아니잖아?"

"그, 그건……."

소년은 채 말을 잇지 못한 채로 더듬거렸다.

일말의 망설임도 없이 상대의 목을 그어 버리는 잔혹함. 그런 성정을 지닌 상대를 이런 소년이 감당해 낼 리 만무했다.

모든 것이 끝난 상황에서 갑작스럽게 육십이 호를 제거한 칠 호였지만 사실 이건 그리 놀랄 일도 아니었다.

얼결에 지금 죽이긴 했지만 사실 처음부터 칠 호는 그를 살려 둘 생각이 없었다.

선택받을 수 있는 건 생존자들 중 단 한 명이었다.

그렇다면 결국 가장 위험한 적수는 육십이 호 하나뿐이었는데…… 십삼 호까지 죽여 가며 이곳에 선 칠 호다.

애초에 육십이 호를 살려 둘 리 만무했다.

죽어서 쓰러져 있는 육십이 호를 내려다보며 칠 호는 만족스러운 표정을 지어 보였다.

'걸리적거리던 두 놈을 모두 치웠네.'

선택을 받는 건 단 한 명뿐이고 현재 생존자는 넷이었다. 하지만 칠 호는 자신이 있었다.

그는 곁눈질로 주변을 살폈다.

그곳에는 잔뜩 겁을 먹은 채로 자신의 눈치를 살피는 세 명이 있을 뿐이었다.

피식.

여러 가지 시험들을 통해 그들이 원했던 건 누구보다 뛰어난 인재였다. 그렇다면 자신을 포함한 이 넷 중에 그 같은 조건에 가장 부합하는 사람이 누군지는 굳이 확인할 필요도 없었다.

바로 자신.

십삼 호와 육십이 호가 죽은 지금 답은 정해진 것이나 다름없었다.

그렇게 모두가 갑자기 벌어진 이 상황에 혼란스러워하고 있는 그때였다. 산 위쪽에서 일련의 무리들이 모습을 드러냈다.

바로 아이들을 관리하던 무인들이었다.

선두에서 다가오던 책임자 사내는 거리가 점점 좁혀져 오자 표정을 구겼다.

가까이 와서 선 그가 당황한 듯 입을 열었다.

"뭐야 이건?"

사내의 시선은 죽어 있는 육십이 호에게 틀어박혀 있었다. 이곳으로 출발하기 직전 수하들을 통해 생존자의 목록을 전달받았다.

그런데 그들 중 하나인 육십이 호가 싸늘한 주검이 되어 누워 있었다.

상황 설명을 원하는 듯한 눈빛으로 주변을 둘러보자 살아남은 아이들 중 하나가 힘겹게 입을 열었다.

"그게 방금 전 칠 호가……."

자세한 설명을 듣지 않았음에도 불구하고 사내는 이곳에서 벌어진 일들에 대해 얼추 알아차릴 수 있었다.

이건 생각지도 못한 일이었다.

칠 호를 바라보는 사내의 눈동자가 미세하게 떨렸다.

'이 자식…… 보통내기가 아닌데.'

이런 상황에서의 살인이라니.

이것은 강요로 인한 것이 아닌 스스로의 선택으로 행한 행동이었다.

그랬기에 놀랐다.

이토록 어린아이가 그 같은 일을 할 수 있다는 사실에.

거기다가 칠 호가 누구인가?

사람 좋아 보이는 미소와 올바른 행실로 많은 아이들이 좋아하던 이였다. 그런데 지금 눈앞에 있는 아이는 사내가 몇 달간 보아 왔던 그 녀석과 동일 인물인지조차 의심이 갈 정도였다.

그만큼 완벽히 남들을 속여 왔다는 뜻이었다.

그렇게 칠 호에게 감탄을 하고 있는 사이 옆에서 수하가 질문을 던졌다.

"어떻게 할까요, 대장?"

그의 목소리에는 곤란함이 묻어 나왔다.

그분 앞에 선보일 아이를 다섯 명 정도로 추스르라는 명을 받았다. 그런 와중에 의외의 상황이 닥치며 한 명이 더 줄어 버린 것이다.

하지만…….

사내가 짧게 말했다.

"이 넷만 보여드리도록 하지."

어차피 중요한 건 뛰어난 실력자를 가려내는 것이다. 애초에 다섯 정도로 숫자를 줄이라고 한 것 자체가 실력 있는 아이들만 확인하여 쓸데없는 시간을 줄이려는 목적을 지녔다.

본래의 목적이 그러하니 한 명 정도의 아이가 줄고, 늘고는 큰 문제가 아니었다.

그렇게 모든 결정을 끝낸 사내가 대충 일을 매듭지으려는 그때였다.

산 위에서 누군가가 허겁지겁 뛰어 내려왔다.

"대장!"

"무슨 일이야?"

잔뜩 상기된 표정의 수하를 향해 사내가 물을 때였다. 빠르게 다가온 수하가 곧장 중요한 일을 알렸다.

"그, 그분이 곧 도착하신답니다."

"뭐?"

그분이라는 말에 사내의 얼굴엔 긴장감이 피어올랐다.

여태까지 준비한 그 많은 일들.

그 모든 게 바로 지금 오고 있다는 그분이라는 존재를 위해 준비한 것들이었다.

사내의 시선이 네 명의 생존자들에게 향했다.

하나같이 지친 기색이 역력했고, 지저분한 겉모습이 눈

에 들어왔다.

그제야 사내는 오랫동안 씻지 못한 아이들에게서 나는 퀴퀴한 냄새를 눈치챘다.

뒤늦게 코를 막은 그가 다급히 소리쳤다.

"어휴, 냄새들하고는!"

사내는 곧장 뒤편에 있는 수하들에게 시선을 돌렸다.

그러고는 그들을 향해 급히 명령을 전달했다.

"뭣들 하고 있어! 그분께 보여드리기 전에 이 거지 같은 놈들 전부 깨끗하게 씻기고, 옷들도 갈아입혀!"

*   *   *

휘황찬란한 마차 한 대가 산길을 타고 빠르게 움직였다. 어딘가를 향해 바삐 움직이던 그 마차가 멈추어 선 곳은 바로 산 위쪽에 자리하고 있는 이름 없는 장원이었다.

마차가 장원의 입구에 도착하자 그곳을 막아서고 있던 무인들이 재빨리 포권을 취했다.

"어르신을 뵙습니다!"

한목소리가 되어 외치는 그들의 음성에는 마차 안에 있는 인물에 대한 존경심과 경외감이 가득했다.

그만큼 그 상대는 이들에게 절대적인 존재였다.

그토록 격렬한 환대 속에 장원 안쪽으로 들어선 마차는 곧장 어딘가로 향했다.

그리고 마차가 도착한 장소에는 이미 많은 이들이 대기하고 있었다.

무려 사십여 명에 달하는 무인들.

아이들을 감시하고, 또 관리하는 임무를 맡고 있던 이들이다. 그들이 책임지고 있던 이들이 무공도 모르는 어린아이들이었음에도 불구하고 이토록 많은 무인들이 이곳에 있다는 것.

그건 그만큼 이 일을 중요하게 여겼다는 방증이기도 했다.

그 사십여 명의 무인들은 마차가 자신들의 앞에 멈추어서자 곧바로 무릎을 꿇으며 예를 갖췄다.

"어르신을 뵙습니다!"

순간 마부의 옆자리에 자리하고 있던 무인 한 명이 껑충 뛰어내렸다.

사십 대 후반 정도 되어 보이는 그 사내는 무척이나 날카로운 인상의 소유자였다.

사내의 이름은 염청(炎淸).

그는 현 무림을 대표하는 최고 고수들을 칭하는 우내이십일성 중 하나였다. 사자검(獅子劍)이라는 별호를 지닌 사파 쪽의 고수로 강렬한 검술을 지닌 인물.

무림에서 손꼽히는 고수인 사자검 염청이 윗사람으로 모실 만큼 마차 안의 인물이 지닌 힘은 거대했다.

마차의 옆으로 다가온 염청이 입을 열었다.

"하명하시지요."

그 말이 끝나는 순간.

탁.

굳게 닫혀 있던 마차의 창문이 열렸다.

하지만 창문에는 겹겹으로 된 휘장이 달려 있었고, 그 때문에 안의 모습을 확인하는 건 불가능했다.

휘장 안쪽에서 나지막한 목소리가 들려왔다.

"아이들은?"

"옙! 바로 보여드리겠습니다."

이곳을 총괄하던 사내가 바짝 긴장한 어투로 크게 대답했다. 그러고는 이내 뒤편에 있는 수하에게 슬쩍 눈짓을 보냈다.

그러자 그가 기다렸다는 듯 뒤편에 있던 네 명의 아이들을 데리고 나타났다.

일렬로 주르륵 선 네 명의 아이들.

순간 휘장 안쪽에서 서슬 퍼런 시선이 그 아이들을 훑었다. 휘장으로 가려져 있음에도 불구하고 그 강렬한 눈빛이 느껴져서일까?

아이들은 지레 겁을 먹고 뒷걸음질 쳤다.

심지어 그중 한 명은 결국 참지 못하고 눈물을 쏟아 내기까지 했다.

그 순간 휘장 속 인물이 가볍게 혀를 찼다.

"쯧."

그 소리에 총괄하는 사내가 움찔하며 고개를 숙였다. 마치 자신을 책망하는 것처럼 느껴졌기 때문이다.

순간 마차 안에서 어르신의 목소리가 들려왔다.

"형편없구나. 단…… 한 녀석을 제외하고."

마차 안 인물의 시선이 향한 곳.

그곳에는 칠 호가 있었다.

살짝 힘을 실어 쏘아 보낸 강렬한 시선에 움츠러들긴 했지만 어떻게든 그 자리에 버티고 서 있는 유일한 아이였다.

그제야 총괄 사내의 구겨졌던 표정이 슬쩍 풀어졌다. 이런 중차대한 일을 자신에게 맡겨 주셨거늘, 그 결과가 신통치 않다면 어찌 고개를 들 수 있겠는가.

그가 신이 났는지 서둘러 입을 열었다.

"맞습니다. 칠 호 저 녀석은 아이들 중에서 처음부터 두드러졌던 아이입니다."

어떻게든 칠 호에 대한 자랑을 늘어놓는 그때.

어르신은 그의 말에는 아랑곳하지 않고 바로 마차 옆에 자리하고 있는 염청을 불렀다.

"염청."

"예, 어르신."

"네가 보기에는 어떠하냐?"

"음…… 쓸 만해 보입니다. 모자란 부분은 따로 교육을 시키면 그만일 테니까요."

염청의 대답에 휘장 속 인물은 고개를 끄덕였다.

나름 오랜 시간 준비를 해 온 일. 그만큼 이 어르신이라는 이에게 이번 일은 중요한 일이었기에 선택에 신중할 수밖에 없었다.

염청의 대답을 듣고도 잠시 칠 호라는 아이를 바라보던 그가 결국 결정을 내렸다.

"좋아. 저 아이로 데려가지."

휘장 속 어르신의 그 한마디에 이곳을 담당하는 사내의 표정이 밝아졌다.

이번 일은 아주 중요한 일이었고, 그걸 자신이 성공시켰다. 그 말은 곧 자신에게도 엄청난 보상이 따를 거라는 의미였다.

그리고 그건 선택받은 칠 호도 마찬가지였다.

애써 감추려고 했지만, 입꼬리가 꿈틀거렸다.

불우했던 어린 시절을 보내 온 칠 호다. 그런 그에게 인생 역전의 기회가 찾아오고야 만 것이다.

'마침내…… 여기까지 왔어.'

그의 얼굴에 희열이 맴돌았다.

많은 이들을 희생시키며 이곳까지 왔다. 하지만 그 선택들에 일말의 후회도 없었다.

사내와 칠 호가 각자의 상황에 따라 기뻐하는 그때였다.

그사이 마차 안에 자리하고 있던 어르신이 바깥에 있는 염청을 향해 전음을 보냈다.

『염청, 뒷정리를 부탁하지.』

『뒷정리라 하시면……?』

『이곳을 정리해야지. 여긴 증거도…… 증인도 너무 많거든.』

어르신의 그 전음에 염청의 눈동자가 빛났다.

이 일은 결코 드러나서는 안 될 비밀스러운 것이었다. 그런데 말대로 이곳에 있는 저들은 그 부분에 있어 너무 많은 걸 알고 있었다.

이번 일을 통해 어르신이 상대하고자 하는 이는 보통 인물이 아니었다.

이처럼 증인이 많다면 결국 이야기가 바깥으로 흘러 나갈지도 모른다.

그렇다면…….

염청이 작게 고개를 끄덕이며 답했다.

『깨끗하게 정리하도록 하지요.』

여기까지 시험을 통과한 아이들만 데리고 가고, 그 외의 모두를 죽인다.

염청이 천천히 손을 뒤편으로 움직이며 검에 손을 가져다 대려는 바로 그 찰나.

"어어?"

누군가의 놀란 듯한 목소리에 염청이 멈칫했다.

그리고 그사이 많은 이들의 시선이 한쪽으로 집중됐다. 사람들의 시선이 몰린 곳에서는 피투성이의 어린아이 하나가 걸어오고 있었다.

터벅, 터벅.

걸음걸이마다 비틀거릴 정도로 좋지 않은 몸 상태.

그렇지만 비틀거리면서도 그 아이는 아랑곳하지 않고 계속해서 걸었다. 쓰러지려는 몸을 정신력으로 붙잡고, 마치 반드시 이곳에 오고야 말겠다는 듯 계속해서 다가왔다.

잔뜩 엉망이 된 신체.

하지만 그런 몸임에도 불구하고 죽지 않고 타오르는 강렬한 눈빛.

이곳을 관리하는 사내가 놀란 얼굴로 중얼거렸다.

"저 녀석…… 십삼 호?"

그 한마디에 칠 호가 움찔했다.

피투성이가 되어 알아보기 쉽지 않았지만, 거리가 조금 가까워지니 상대가 누군지 알아볼 수 있었다. 그리고 상대의 정체를 확인하는 순간 칠 호는 놀람을 금하기 어려웠다.

'저놈이 어떻게…….'

분명 자신이 직접 절벽 아래로 떨어트렸던 십삼 호다. 그런데 그가 살아서 자신에게 다가오고 있었다.

자신을 죽이겠다는 듯 두 눈에는 살기를 가득 담은 채로.

한 걸음, 한 걸음.

다가오는 그의 걸음걸이에 담긴 박력에 칠 호는 주춤거릴 수밖에 없었다.

상대는 자신의 몸 하나 가누기 어려운 환자였다.

그런 십삼 호에게서 느껴지는 강인한 기운에 칠 호는 자신도 모르게 죽음의 공포를 느꼈다. 등골이 오싹했고, 이마에서는 식은땀이 주르륵 흘러내렸다.

피투성이의 십삼 호가 버럭 소리쳤다.

"칠 호!"

고함과 함께 계속해서 칠 호를 향해 다가오는 십삼 호.

갑작스레 벌어진 상황에 이들 모두를 제거하기 위해 움

직이려다 멈칫했던 염청이 곧 정신을 차렸다. 우내이십일 성의 하나인 그조차 순간적으로나마 저 어린아이에게 정신이 팔렸던 것이다.

그가 곧바로 임무를 위해 움직이려 할 때였다.

『잠깐!』

머리를 파고드는 어르신의 외마디 전음에 염청이 움직임을 멈췄다.

그 순간 휘장 안쪽에서 어르신의 목소리가 흘러나왔다.

"……생각이 바뀌었다."

바로 그때였다.

스윽.

휘장 속에서 어르신의 손이 빠져나왔다. 그리고 그의 손가락이 가리킨 곳에는 십삼 호가 있었다.

"저 녀석으로 하지."

그 한마디에 십삼 호와 칠 호.

그리고 무림의 운명까지도…… 뒤바뀌었다.

*   *   *

진법 속의 상황은 아무것도 변한 것이 없었다.

천무진은 한쪽 무릎을 바닥에 꿇은 채로 힘겹게 몸을 지

탱하고 있었고, 그런 그를 매유검이 가까운 거리에서 내려다보고 있었다.

꿈틀거리는 천무진을 응시하던 매유검이 더욱더 가까이 다가왔다.

"뭐야? 기억의 속박을 깨는 가루와 주문까지 들려줬는데도 아직까지 이러고 있네. 그럼 더 쉽게 기억해 낼 수 있도록 좀 더 고통을 줘야……."

매유검의 손이 막 천무진의 어깨에 닿는 그 순간이었다.

탁!

거칠게 쳐 내는 손.

고개를 숙이고 있던 천무진이 휙 하고 머리를 치켜들었다.

그의 입에서 싸늘한 경고가 터져 나왔다.

"내 몸에 손대지 마라. 칠 호."

칠 호라는 호칭을 듣는 순간 매유검이 꿈틀했다. 그 순간 천무진의 말이 이어졌다.

"……죽여 버리기 전에."

말과 함께 매유검을 올려다보는 천무진의 눈동자는 마치 성난 맹수처럼 이글거렸다.

그 모습을 본 매유검, 한때는 칠 호라 불렸던 그가 장포 안쪽에서 슬쩍 웃으며 말했다.

"그 눈…… 이제야 내가 알던 그 녀석답군."

매유검은 천무진에게서 성큼 한 발 뒤로 물러섰다.

그러고는 양팔을 들어 올리며 그를 반겼다.

"돌아온 걸 환영한다. 십삼 호."

〈다음 권에 계속〉

『제왕록』, 『무림에 가다』 시리즈의 작가 박정수
그가 거침없는 현대 판타지로 돌아왔다!

『신화의 전장』

주먹을 믿지 마라.
우리가 살아가는 이 땅에 인간을 벗어난 자들이 존재한다.

dream
books
드림북스

ORIGINAL FANTASY STORY & ADVENTURE

쥬논 판타지 장편소설

〈흡혈왕 바하문트〉, 〈샤피로〉, 〈하라간〉을 잇는
쥬논의 사대신수 시리즈, 그 마지막 이야기!

혹독한 훈련을 받고 가문을 위한 희생양으로서
다른 차원으로 보내진 이탄.
듀라한으로 다시 태어난 그는 신관이 되어
본래 세계로 돌아갈 방법을 찾기 시작한다.

★
dream
books
드림북스

DREAMBOOKS★